# The Darkness

漫娱图书
SINCE BOOKS

# 黑暗处有什么

夏生 主编

长江出版社 CHANGJIANGPRESS　漫娱图书

# 黑暗处有什么

文/柠檬黄

几天前，你在网上看到一名独居女性在自己家中离奇失踪的新闻。

根据新闻中她亲戚朋友的反应，这个网名叫末末的女孩，生活非常简单，几乎没有什么交际，更不可能有什么仇人，而且警方也找不到任何破门而入的迹象，附近也没有监控录像，没有人看到现场发生了什么。女孩的去向，成了一个彻底的谜团。

就在调查者没有头绪的时候，有人从末末的电脑中，找到了一个特殊的发帖记录。他们发现，这个帖子就发表于女孩失踪的前几天，而且，末末在这个帖子中记录了自己遭遇的异常事件。

调查人员认为，这个神秘的帖子，似乎有助于他们揭开末末失踪的真相……

首页 个人资料 日记 相册 音乐 分享 好友

个人资料

末末

加好友 写留言

博客等级: XX

博客积分: XXX

▶ 求助 XXXX-XX-XX XX:XX

## 求助：家里好像有什么不干净的东西，我该怎么办？

如题，我是一个独居在家的未婚女性，好不容易靠自己的努力买下了一套属于自己的小房子。本来以为可以过上快乐独居的小日子，可是过了没多久，就发现家里开始出现诡异的事情。

比如，我经常听到家里有什么东西掉落的声音，但是醒来之后，就会发现家里的东西都没有变化。有时候，我甚至还能听到家里有奇怪的呼吸声，还总觉得有什么东西在盯着我看……

这种情况是不是我招惹了什么不干净的东西？我如果去报警的话，警察会相信吗？还是说，我应该去找什么大师算一卦呢……

关注（142）评论（05） 转载（00） 收藏（00）

编辑 | 设置 | 删除

PROGRAM SYSTEM.LOG CONFIG.INI

warning............

## 回答一

**星星泡饭：** xxxx 年 xx 月 xx 日 xx:xx 评论

谢邀，不知道提问者是什么地方的人。

如果是在东北地区，那我还算有点发言权。我的三姨奶奶就是一位出马仙，跟我讲过很多这样的故事。你可能在某种机缘巧合下招惹了什么“仙家”，所以它就在你家里住了下来。

从你的描述来看，虽然它们暂时没有要伤害你的意思，但是也已经影响你的生活了，建议找当地看事的来你家看看，毕竟，有些情况只有现场看过了才知道该怎么处理。如果需要帮助的话，也可以私信我，我去你家里帮你看看。

不过，如果在东北以外的地区，那还是找找别的原因吧，毕竟“狐白黄柳灰，不过山海关”嘛。

评论列表

如烟：不是说好了建国以后不能成精的嘛。

星星泡饭：「回复如烟」：保家仙的事儿，能叫成精吗？

悠悠燕：答主说得像真事一样，你们家真的有人当出马仙吗？

星星泡饭：「回复悠悠燕」：我也是听我家里人说的，不一定准确哈。

末末（贴主）：我想问一下，如果是“仙”住进来了，它们会偷吃东西吗？我发现冰箱里丢了一些食物，是不是被它们偷吃了？

星星泡饭：「回复末末（贴主）」：咦？这我倒没怎么听说过……

warning............

## 回答二

**两袖风生：**

xxxx 年 xx 月 xx 日 xx:xx　评论

其实，像你这样的事情，以前经常发生的。我小时候就听说过很多房屋闹鬼的故事，一般就是有什么冤死的死者，执念太深不愿意离开，就会把那里当成自己的领地，好像在传说里，这种东西就叫地缚灵。

提问者不是说自己刚刚买下这套房子吗？说不定这栋房子里面就发生过什么可怕的事情，我建议你还是去联系一下把房子卖给你的那个人，房子里发生过什么他应该最清楚了。

评论列表

嘟嘟：地缚灵？那是国外的妖怪吧？答主你这知识都学杂了。

两袖风生：「回复嘟嘟」：都差不多，你明白我的意思就行了。

幻想糖：坏了，看完答主说的，总感觉我家也不对劲了。

星星泡饭：「回复幻想糖」：别慌，可能是心理作用。

末末（贴主）：我是从一个叫老钱的中介手里买的房，成交之后就联系不上他了……

两袖风生：「回复末末（贴主）」：那坏了，他肯定是心虚所以才玩消失的。

warning.............

回答三

**黑夜的呼吸：** xxxx 年 xx 月 xx 日 xx:xx 评论

我以前看过一个电影，大概讲的是两个平行世界的人，因为某种机缘巧合，被合并到了同一个世界里。我相信平行世界是真的存在的，说不定提问者真的遇到了那种平行世界，你听到的那些都是来自另一个平行世界的声音。

而且，两个世界的联系可能会越来越深入，也许再过一段时间，就不仅仅是声音有联系了，建议你这段时间可以再观察一下，看看家里有没有多出些什么之前没有出现过的痕迹，说不定真的会有什么线索呢。

评论列表

末末（贴主）：我去！真的有，我在次卧床垫旁边的墙上发现了一个黑色的划痕！应该是床垫子在墙上划的，但我搬来床垫子的时候很小心，绝对没有留下痕迹！

黑夜的呼吸：「回复末末（贴主）」：看来说不定真的是平行世界！检查一下那个床垫子，说不定就是通往平行世界的入口呢！

久伴我心：看了一圈，别的答主都在玩玄学，只有你在玩科幻。

黑夜的呼吸：「回复久伴我心」：看过不少平行世界的故事，一下子就想到了。

春水东流：看完了所有回答，我竟然一时不知道平行世界和狐仙妖怪哪个更离谱一点。

黑夜的呼吸:「回复春水东流」: 说不定，真相才是最离谱的那一个。

warning............

回答六

末末（贴主）：　　xxxx 年 xx 月 xx 日 xx:xx　评论

谢大家回答。

真是太好啦，我已经把家里仔仔细细检查了一遍哦，果然没有任何问题呢，都是自己在瞎想啦。让大家为我操心了这么久，哎呀，真的感觉好对不起大家呦，稍后我会删除这个帖子，各位网友们再见啦。

评论列表

成功路上总施工：果然是虚惊一场。

星星泡饭：不过，我怎么感觉答主的语气怪怪的……好像和之前不一样了……

两袖风生：真的没发生什么怪事吗？

黑夜的呼吸：等等，我好像知道，帖主家里藏着的到底是什么了……

警方发现，评论区有一个网友的猜测，已经接近了事实的真相。

那么末末到底遭遇了什么神秘事件呢？请扫描旁边的二维码，将那个几乎猜测出事实的网友名字发送到后台，获取神秘事件的真相！

如果你还想进一步了解其他人的诡异遭遇，请继续往后阅读故事，同样也可以猜猜在这些人的身上到底都发生了什么？

每个故事后都有对应的二维码，阅读完后，你可以将自己推测出的答案发送到留言区，或者跟其他小伙伴们展开讨论。

一起来揭晓黑暗中的秘密吧！

contents

# 目录


作者/核融炉
· Chapter 01 ·
最佳损友
013

作者/喝冰可乐吗
· Chapter 02 ·
逝者来电
049

作者/核融炉
· Chapter 03 ·
择日而亡
087

作者/陆雾
·Chapter 04·
今夜我暴富
115

作者/维C布加橙
·Chapter 05·
心愿便利贴
141

作者/凉兮
·Chapter 06·
误入案发现场
167

作者/朝暮不言
·Chapter 07·
并非虚构
203

是谁
离奇的来电，打电话的人是谁？
诡异的案发现场，凶手是谁？
消失的百万奖票，窃贼是谁？

warning............

回答四

**成功路上总施工：** xxxx 年 xx 月 xx 日 xx:xx 评论

感觉别的答主已经回答得差不多了，也讲了很多我想破脑袋也想不到的思路，不过我总觉得，是不是有点太天马行空了？

我记得以前看过一些帖子，说我们印象中的一些诡异事件，其实都是可以通过科学解释的。比如，半夜听到楼上传来弹珠的声音，其实是建筑内部的混凝土、水泥、钢筋出现热胀冷缩才发出了噪音。

至于提问者所说的现象，听上去应该也会有一个合理的解释，能相信科学的时候，咱们就别依赖玄学了。

评论列表

暖心小仙女：我总觉得，提问者说到的一些细节挺吓人的，希望只是自己吓自己吧。

成功路上总施工：「回复暖心小仙女」：是啊，起码我觉得应该不是灵异事件。

蛋卷卷：往好处想想，说不定藏的是个人呢？

成功路上总施工：「回复蛋卷卷」：那就更吓人了好吧！

末末（贴主）：感谢回答。只是虚惊一场，稍后我会解释！

成功路上总施工：「回复末末（贴主）」：虚惊一场就好。

warning............

## 回答五

**代号零：** xxxx 年 xx 月 xx 日 xx:xx 评论

既然这个帖主的事情解决了，那大家要不要来看看下面这几个故事，感觉像帖主这样遭遇奇怪经历的人还蛮多的。

①你们有收到过奇怪的信件吗？——核融炉的回答

②求助，失踪很久的好友突然给我打来电话，我应该接吗？——喝冰可乐吗的回答

③你们目睹过凶案现场吗？——核融炉的回答

④求助，中了百万彩票我需要注意些什么？——陆雾的回答

⑤如果获得了心想事成的能力，你会做什么？——维 C 布加橙的回答

⑥被当成了凶手怎么办？——凉兮的回答

⑦你们有没有怀疑过网上的一些大 V 账号，其实披着不同的皮？——朝暮不言的回答

评论列表

成功路上总施工：好好好，你跟帖主在这里玩接龙是吧，让我来看看还有啥离奇事件是我没见过的。

暖心小仙女：楼主还怪贴心的，都整理好链接了。

代号零：「回复暖心小仙女」：嘻嘻，有的事件我也没分析出来，所以只好来搬救兵了。

两袖风生：友友们，新的评论区见嗷。

# 最佳损友

你们
愿意陪我一起
承受恒久的
痛苦吗?

## Chapter 01

作者：核融炉

# 最佳损友

Chapter 01

作者：核融炉

加好友 写留言

点击：xxxx 回复：xx

▶**楼主发帖：**你们有收到过奇怪的信件吗？

当年，我还是个没什么名气的恐怖小说作家。为了寻找灵感，我四处旅居，还在一个寨子上邂逅了两名女高中生。

这只是我旅行途中的一个小插曲，我没放在心上。

可十年后我功成名就准备宣布封笔之时，收到了其中一个女生寄给我的信。

这封信，给我带来了极致的恐怖。

1

我叫伊潘，今年三十八岁，定居在南亚某小国，是当地知名的恐怖小说作家。

多年深耕恐怖题材，我精通此道，造诣颇高。其他作者的恐怖小说难以触动我，我只能被自己的作品吓到。但水平越高，越难有新的突破。今年以来，缺少灵感这一问题始终折磨着我。

我无法忍受干坐在书桌前无从下笔的痛苦。与其写些不尽如人意的文字苟延残喘，叫人笑话江郎才尽，还不如功成身退。

于是我宣布封笔。

但一封读者来信，打破了我平静的生活。

上个周末，妻子和闺密出门看展，我在书房读书。邮递员上门带来了这封很厚的信，指名要我签收。

写作多年，我经常收到读者来信，大部分都是表达对我作品的喜爱，或是对我本人的仰慕。也有部分是这种很厚的信封，一般是读者寄来自己写的小说，希望我指点。

我拆开随意看了两三行，发现不是小说，而是信。看字迹娟秀，应该来自一名女性读者。又继续看了几行，我忽然有了一种微妙的恐怖预感。

于是我继续看下去。

读者来信——

伊潘先生：您好！

我是一名普通的职场女性，也是您的忠实读者。冒昧来信，请您见谅。

一直以来，我都像大多数读者一样，默默支持着您。但我始终认为，我和其他读者是不一样的。如今您因缺乏灵感而痛苦，甚至宣布封笔，我想我不该再沉默下去。

我写下这封长信，怀着一颗惶恐的心，向您讲述我的亲身经历。这段经历如魔鬼一般，时时刻刻攫取着我的生命力，我可以断言，它将终身折磨我。

我唯一能倾诉的对象，就只有我最喜欢的作家——伊潘先生您。

十年前，我曾与您有过短暂的交集，在我的家乡玛卡寨，您还记得吗？

那一年我十八岁，正读高中。那时的我，性格内向孤僻，寡言少语，唯一的爱好是看书。

我有个同班的好友叫阿悦，我们兴趣相投，经常一起逃了体育课跑去图书馆看书。

体育课那个时间段，学校图书馆基本空无一人，我们就有了一段安静惬意的属于自己的时间。直到有一天，我们来到图书馆，看见了一个陌生男人。

他坐在窗边看书，闻声抬头看向我们。他皮肤苍白，看起来精神不佳，但阳光洒在他脸上，显得眉眼温和。

他说他是作家，名叫伊潘，是写恐怖小说的。那时他还是寂寂无名的小作者。他的日常就是四处旅居，来到一个新地方，阅读、创作、体验生活，住三个月后再换个地方。

属于玛卡寨的三个月刚刚开始，他在这儿租了一栋两层楼的乡下自建房住。他打听到寨子上唯一的图书馆在我们学校，他征得校长的同意，出入学校，借阅书籍。

我和阿悦都喜欢看书，但还是第一次碰见作家，都感到兴奋不已。那一天，伊潘跟我们聊了很多新鲜事，我们听得入神，一节课很快就过去了。

小寨少女好奇心旺盛，伊潘也乐于满足。之后的每次体育课，我们都和伊潘约在图书馆见面，一起看书，谈论文学。伊潘会跟我们讲他之前的旅居经历，还把他写的小说给我们看。

时间一天天过去。现在回想起来，那段时光总是阳光明媚的，窗外同学们都在玩耍，窗内我们三人畅谈文学。临近夏天，气温渐渐升高，少女的感情也悄然发生了变化。

认识伊潘一个月后，我意识到我对他有了不一样的情愫。他比我大十岁，但年龄不是问题，灵魂契合才最重要。情窦初开的兴奋感令我彻夜难眠。

可是不论内心如何波涛翻涌，我表面始终波澜不惊，因为我性格内向孤僻。

透过这份感情，我更加清晰地看见了我自己，也看见了阿悦。

我和阿悦从小一起长大，是多年的好友。我第一次发现原来我不如阿悦长得漂亮，也不如她开朗自信。

每一次图书馆相会，与伊潘热烈攀谈你来我往的，似乎都是阿悦。虽然我也有很多见解，但往往我尚未组织好 语言，阿悦就已经流利地发表了同样的观点，我旁听附和居多。

我和阿悦向来出双入对，上学一起走，午饭一起吃，一起逃课去图书馆，连课间上厕所都一起去……我早已习以为常。

但现在我觉得这样不自由。我不想再和阿悦一起去图书馆了，我想单独见伊潘。这个念头在我脑海中盘旋已久，只因没有合适的理由，迟迟未付诸行动。

离大学入学考还有一个月的时候，时间紧张起来，体育课都被占用，我们没时间再和伊潘相约图书馆了。我和阿悦都很难过。

伊潘勉励我们好好复习迎考，等我们考完了，他手头的小说应该也写完了，他邀请我们假期去他家看小说。

考试冲刺的那一个月，伊潘的邀请成了我唯一的念想。我决心要做出改变——考试结束后，我要勇敢地向他表明心意。

时间倏忽而过，很快来到考试结束后。本来我们约好了考完第二天，我和阿悦一起去伊潘家做客。我存了小心思，提早一天一个人先去了，没有告诉阿悦。

伊潘租的自建房不在村里，独立在外；周围有树林溪水，安静雅致，少有人打扰。

我们这儿家家户户大门经常是敞开的，但进别人家门也总该打声招呼。可当时的情形下，我满脑子想着告白，既紧张又鲁莽，一声招呼没打，直接轻手轻脚地进去了。

一楼没看见伊潘，我上了二楼。

二楼光线不佳，我看见一扇门虚掩着，狭长的门缝透出光亮，看不清里边。

我直觉伊潘在这个房间里，可能在阅读或是写作。

我在脑海中演练着台词，想象着伊潘的反应。脑子里热烘烘的一团乱，脚下倒是不假思索，朝着那扇虚掩的门，一步步走近。

短短几步路似乎变得很漫长，时间的流动也变得很缓慢。

终于站定在门前，我抬手欲敲。

那一瞬间世界安静，头脑清明，我听见——“伊潘……”

门内一个女声，又低又轻地唤着伊潘的名字，说着亲密的话。

我愣在原地，如遭雷击。

虽然我十八岁刚成年，还不懂事，但也明白房间里正发生着什么。

暧昧、黏腻的声音是属于我的好友阿悦的。当我还想着灵魂契合、精神交流的时候，阿悦已经跳过这个阶段，开始陪伊潘玩大人的游戏了。

我不敢置信地摇头，后退一步。

我眼看着虚掩的门悠悠转动，“啪”地轻声合上了。

我转身离开，轻手轻脚地，就如同我来时一样。

直到回了家，我才后知后觉地感到愤怒与不甘，感受到了背叛。当然，我没和阿悦说过我对伊潘的情意，阿悦也没和我说过，我们互不亏欠，公平竞争。

但我无法忍受阿悦避开我单独行动——虽然我自己也做了同样的事——但我更无法忍受阿悦她直接做那种事！

阿悦她——她——她怎么能——这么不要脸！

还有伊潘，看起来像个正人君子，开口闭口谈的都是哲学文学，怎么到头来也要做那种事？

我的世界观崩塌了，我感受到友情与爱情的双重背叛。我实在太生气了，觉得自己必须要做点什么，必须要让他俩付出代价。

于是我沉住气，装作不经意地把这件事透露给了班上最碎嘴的女生，我请求她一定保守秘密。

但秘密就是用来口口相传的，那个女生只是没把我这个秘密来源透露出去。不出所料，短短一天这事就传得全 班都知道了，很快又传到了大人们的耳朵里。

传到两个当事人那里时，伊潘大大方方地承认了，阿悦却避而不见任何人。

毕竟伊潘只是旅居到此的外地人，又是男人，他没什么好怕的 ；而阿悦是土生土长的当地人，十八岁未出阁的少女，她的名誉彻底毁了。

——伊潘先生，虽然我旧事重提，但请您相信，我仅仅是在陈述这段经历，并没有别的意思。这件事我后来没有告诉过任何人，当地人也不知道当事人就是现在的知名作家您。

我继续说。

那几天，阿悦的丑事成了所有人茶余饭后的谈资，我的心却备受煎熬。

我反思自己是不是做得太过分了，但转念又想，谁让阿悦不要脸在先呢？总之，我打定主意不会再跟她这种人来往了。

现实确实也是如此。

那时候寨子里观念保守，尤其看重女性贞节，所以阿悦一家没脸在当地待下去了。七月的一个清晨，他们全家 搬离了寨子。

没过几天，旅居到此三个月的伊潘也打点行装，去往下一站。

我过完假期也离开了寨子，去城里上大学。所有青春期的情谊和萌动，在那个夏天自然而然地结束了。

上大学后，我接触到了更为广阔的世界，有了新朋友，以及男朋友。

我的社交看似不受影响，但只有我自己知道，我时常午夜梦回，梦到那扇门。那扇黑暗中虚掩的门，门缝透露出狭长的一道光亮，我无数次推开它。耀眼的白光闪过以后，我会看见伊潘和阿悦躺在一张床上，或者朋友和男友躺在一张床上。

在我往后的每一段人际关系中，我无法克制猜忌之心，无法真正信任友情与爱情。所以我的每一段感情都无法长久。我的朋友和男友最终都会离我而去，即便他们之间清清白白。

那些年，多少人来了又去，我其实一直是孤零零的一个人。

此外，我的精神生活也很贫瘠。曾经我很喜欢看小说，还爱上了一个作家，但是爱情破灭后，我对小说的乐趣也尽失了。

我上大学时，恐怖作家伊潘逐渐崭露头角，周围的同学都在讨论他，不乏有人向我推荐他的作品。但我不感兴趣也不在意，无视有关伊潘的任何信息。

就这样过了几年，我大学毕业工作了一年后，有一天母亲联系我，叫我回老家参加阿悦的葬礼。

再次听到这个熟悉又陌生的名字，竟是她意外离世的消息。我向公司告假，赶回老家。

阿悦家家门大敞，吊唁的人络绎不绝。进门就是灵堂，一具棺木摆在中央，阿悦的父母和哥哥端坐两旁。墙上挂着阿悦的照片还是高中时拍的，脸圆圆的，眼睛笑成两弯月牙，神情灵动，仿佛下一秒就要喊我出去玩。

我看着那张照片，恍然间如在昨日。我怎么也不敢相信，与昔日好友一别五年，再见已是阴阳两隔。

时过境迁，当年的事已无人再提。面对一个年轻女孩的猝然离世，大家都惋惜不已。

阿悦的母亲拉着我的手，哭着说："悦悦啊，你最好的朋友来看你来了……"

我木然地走上前去，不知道是该磕头还是鞠躬。

阿悦的母亲告诉我，这几天他们回老家打扫旧屋，顺便住几天。有天傍晚，阿悦出门散步，失足掉进了河里。又赶上汛期，雨水多，水势急。乡邻们帮着打捞了三天三夜才找回人。阿悦被找到时，已经肿胀得呈现出巨人观了，场面惨不忍睹。

我听着这些描述，陌生得就像在听社会新闻。我仍然无法将其与照片中的少女联系在一起，只能干巴巴地安慰了两句。

离开阿悦家，我漫无目的地四处乱走。依然是熟悉的街道和风景，这是我从小生长的地方。我走这条路上学，在这个路口和阿悦碰面；走那条路上街，在那个路口和阿悦分别……我走到哪里，都能回想起当年和阿悦一起的场景。

我走着走着，下巴传来湿意，才发觉自己已经泪流满面。

原本漂亮鲜活的一个女孩，最后只成了人们口中的一声叹息。

生死之外无大事。这么多年过去了，很多事确实也该放下了。我真心为阿悦祈祷祝福，希望她可以安息。

经过书店时，我买了一本伊潘新出的小说。

——伊潘先生，就是从这个时候开始，我重新开始看小说了。到如今，我已拜读过您的所有作品，成了您的忠实读者。

前段时间看您的访谈，您说您压力太大，决定封笔。其实我可以理解，因为心理压力真的不是说放下就能放下的。当年参加完阿悦的葬礼，我下定决心放下过去。但多年下来，我仍然止不住地做噩梦，回想起那扇虚掩的门。我仍然不得不站在那扇门前，饱受难以名状的折磨。另外，不知怎么回事，我频频回想起朋友的葬礼。

我总觉得哪里不对劲。

我感觉遗体告别时，躺在棺木里的那个人不是阿悦。

——伊潘先生，写到这里，我的心情有些复杂，几度下笔，又迟疑。很抱歉，信还没有写完，便先行寄给您了。请您看到这里后，再将这封信寄还给我，不必附带回信，我将跟您讲述接下来发生的事。

下一封信非常重要，我将确认您看完了这封信，才会寄下一封给您。

祝您安好！

您的忠实读者

◀3▶

这封信戛然而止。

我从头到尾翻了一遍，确认没有后文了才放下信纸。

信中所讲述的内容我是有印象的。当年我旅居各地体验生活、收集素材，确实在一个寨子有过艳遇，对方是一名女高中生，但很多细节都记不清了。

仔细回想，那次应该是我最后一段旅居经历。那之后，我便定居在现在这个城市专心写作了。

旅居时遇见的人和事，最终都会打散成一个个碎片，在我的作品中留下影子。每到一个地方，我来得干脆，走得也干脆，一般不会再和当地人产生交集，所以之后他们发生了什么，我不清楚。

而现在看了这封信，我迫切地想知道后续。

我当即按照这位读者的要求，将这封信寄还给她了。

晚上妻子看完展回到家，我仍在思考这件事，越思考心中越疑惑，我总觉得这件事还有什么内容没交代清楚。

妻子说：“今天的展览很不错。”

“哦。”我随口应道，“和谁一起去的？”

“朋友。就是送刺绣画的那个。”

“嗯。”

妻子审视了我片刻，说：“你今天怎么心神不宁的，需要谈心吗？”

妻子总是很敏锐，她原本是我的心理医生。

作为一名敬业的恐怖小说作家，因为对恐怖题材探索过深，我自出道以来，就饱受精神问题困扰。我的心理医生帮助了我很多，我们维持了几年医患关系，便产生了更多的情愫，最终结为夫妻。

多亏有妻子陪伴，我才能在写作这条路上安稳地走到今天。

妻子察觉出我的异样，但我暂时不想把这件事告诉妻子，我想等第二封信来了再说。

如此又过了一周，直到今天。

今天是周末，妻子没有出门，在厨房忙碌。我照常在书房看书。

邮递员终于上门，送来了第二封信。

4

读者来信——

伊潘先生：您好！

收到您的回信，我很高兴。这证明您对我讲述的故事还是感兴趣的。

接下来的内容，我反复斟酌该如何措辞，最终决定还是直截了当地叙述。

那年阿悦死后，我以为我可以放下过去了，可是现实情况却不允许。我仍然整宿整宿做噩梦，梦到那扇虚掩的门，还梦到阿悦的葬礼。

话说回那年的葬礼，其实当时我就察觉到不对劲了。

停灵三天后举行葬礼，遗体告别时，我才看见阿悦的遗体。

老实说，看见她的那一刻，除了惊吓更多的是陌生。虽说时隔五年，虽说尸体泡水肿胀，样貌凄惨难辨，但我下意识地感觉陌生。我感觉躺在棺木里的，根本不是阿悦。

当真是很大胆的想法，但这个想法在我的心头越来越重。我环顾参加葬礼的众人，每个人都在悲伤，似乎除了我没人怀疑这一点。台上阿悦的父亲念着悼词，我的荒唐想法是如此不合时宜。

但我无法投入到悲伤中去。我抬起头，左顾右盼。

某一刻，我顿住了。

我好像在人群里，看见了阿悦。

我感到心跳频率顿时飙升，我连忙定睛细看，发现看错了，那是个陌生女人。

葬礼结束后，我躲在暗处观察那个女人。她和阿悦一样都有白皙的皮肤、乌黑的直发，她圆脸，身材纤细，尤其脖子纤长，气质出众。

她不是当地人。我问了父母，他们都不清楚这人是谁。我心中便存了疑。

遗体火化下葬，葬礼结束，人群散去。我一直在跟踪那个女人。

当天夜里她就驱车离开了寨子。看车牌她是从大城市来的，也不是阿悦上大学的那个城市。那年头，有车的人不多，女人的车也不便宜。我实在想不通这样一个大城市的有钱人，为什么会不远万里来到一个小寨子，参加一个少女的葬礼。

直到半年后，我才有了答案。

葬礼结束后，我放下心中芥蒂，重新喜欢上了伊潘，当然纯粹是以读者的角度。

我花了半年时间补完了他之前的作品，其中不乏当年高中时看过的短篇。伊潘已经显露出惊人的才华，那时候我们就有预感，他以后一定会成名，现在看来果真如此。

半年后，因为期待伊潘的新作，我开始关注他的近况。

然后在一次作家访谈中，我再次看见了那个出席葬礼的神秘女人。

原来她是伊潘的妻子，是一名心理医生。这样的联系让人不得不深思。

当年考试结束后，伊潘和阿悦有过一段不可告人的往事。如今我已看淡这件事，文人多情无可厚非，那不过是伊潘旅居经历中的小插曲，过去了也就过去了，两人应该不会再有交集。可是五年后，阿悦意外身亡，伊潘的妻子却出现在了阿悦的葬礼上。

世上会有这样的巧合吗？谁会通知她呢？阿悦的死，难道和伊潘有关吗？

这点令我费解。

正好碰上假期，我再次回到家乡寻找答案。

我在家乡住了一周，见了不少同学。留在当地的，放假探亲的，加起来也有大半个班。当年的班长索性组织了同学聚会，一起叙叙旧。

同学们追忆过去，喝得尽兴。席间我把话题引到阿悦身上，大家七嘴八舌地讨论了一会儿，但因为当事人已经死了，也没有讨论得太过火。

可我越听越心惊，越喝越清醒。

谈起阿悦，我们都知道她后来去了哪个城市，上了什么大学，学的什么专业。但是这些信息都是从阿悦父母那里得知的，这些年似乎没人和阿悦保持直接的联系。

阿悦是很爱美的，她曾说上了大学要去拍写真照，所以按理说，她会有更近期一点的照片。可是为什么，她的遗照还是五年前高中时拍的呢？

带着这些疑虑，我继续不动声色地套老同学的话。时间就此回推到五年前。

我从众人口中，从不同人的角度，得到了更为宏观的视角，重新拼凑出那年考试结束后流传在寨子中的丑闻。

而后我逐渐发现了一个恐怖的事实。

那就是发生那件事后，好像没有人再看见过阿悦。

所有人都觉得她是没脸见人，躲着不肯露面；我心里怨恨她，也不愿再去找她。事情发生后不久她家就搬家了，是在一个无人留意的大清早，一家人悄悄下山的。

假期大家各忙各的，同学也没有再聚头；假期结束后，就都出去上大学或者打工去了。

那件事发生后，没有人再看见过阿悦。

就连我，最后的印象也仅仅是那扇虚掩的门。

这五年，阿悦竟能如此销声匿迹吗？这里边一定有问题。

我想要知道真相。我忽然有了执念，否则我永远也逃脱不了那扇门的梦魇。

半年前办完葬礼，她家人就又离开了。这些年他们一直定居在外，每年偶尔回来。我从邻居那里得知了她家人现在的住址，当即整装出发找上门去。

我单独找到阿悦的母亲，吃了顿饭，很自然地谈到阿悦。问起阿悦的大学生活，她母亲一开始还能讲讲，但完全经不起细问，最后开始闪烁其词，几次转移话题，眼神也越来越飘忽。

大多数人的实话其实很好诈，只要心里有鬼。在我愈发凌厉的逼问下，她终于崩溃，说出了实情。

那年考试结束后的第一天，阿悦曾跟母亲说，她要去做一件很勇敢的事。

她说，以前一直都和朋友在一起，她不好意思做，这次她要背着朋友自己去做。

——她果然和我是一样的心思。

她母亲闻言没太在意，只嘱咐她早点回来。可是这一去，她就再也没有回来。

高中时的我们还是太单纯，仅凭两个月的相识，就敢一头热地扎进爱情。

我们被伊潘博学多才的表象所吸引，却忽略了他实际是个来路不明的外地人。知人知面不知心，伊潘看似文质彬彬，实则心理变态。当约会地点变成了自己家，他也露出了真面目。

那一天，阿悦陪伊潘玩完大人的游戏，就被他灭了口。早在那一年，阿悦就已经死了。

得知真相后，我惊愕得半天说不出话，心中五味杂陈。如果当年我推开了那扇门，阿悦是不是就不会死？又是否，我也一同死在伊潘手里？我不知道答案。

我只知道如今坐在这里的我，还活得好好的。因为我的知趣与胆怯，我没有推开那扇门，也就逃离了不确定性的恐怖，与死神擦肩，捡回了一条命。

那个时间线上发生的事与我平行而过，我无从窥知。

那一天，伊潘杀害了阿悦。他本可以神不知鬼不觉地处理掉尸体，毕竟阿悦是秘密去他家的，虽然知会过母亲，但并没有讲明。

而我阴差阳错发现了奸情，又将奸情散播出去，传得人尽皆知，就这样把伊潘和阿悦捆绑在一起，集中了所有人的目光。

阿悦的父亲和哥哥气势汹汹上门，讨要说法。

伊潘无从辩驳，于是干脆将一切和盘托出，并开出了一个对当年的寨子居民来说是天文数字的价格。

阿悦已经死了，不论如何她回不来了，能回来的就是一笔巨款。

阿悦的父亲和哥哥气势汹汹地进去，沉默地出来。

最终他们接受了伊潘的建议，就着流言，将计就计。他们假称没脸再待下去，举家悄悄搬离了寨子，以掩盖阿悦失踪的事实。

清晨的雾气散去，寨子居民醒来时，阿悦家就已经空了。谁又会去想搬家下山的货车上，是一家几口人呢？

伊潘处理完尸体也离开了寨子，这桩沸沸扬扬传了几天的丑闻，也就落幕了。

那时候全国户籍还没有联网，阿悦家换了一个城市，在户口上动些手脚不是难事，阿悦的名字便从世上彻底消失了。

阿悦的家人在新地方重新开始生活，旁人不知底细，只知道他们有一个独子。

一切看似妥善解决，但仍存在隐患，因为人世间的联系千丝万缕，不是那么容易断干净的。这几年，阿悦一家离开了寨子，却又没有完全离开。祖祖辈辈的根都在那里，他们偶尔也会回老家看看；在新的城市，也不免会有亲戚老乡前来探访做客。

老乡见了面，总归要问两句儿子怎么样，女儿怎么样。最开始都是编故事搪塞过去，说女儿考上了哪里的大学，难得回一次家。说这些话时也得悄悄说，遇见新邻居路过就要噤声。

可是谎话总会有拆穿的一天。每次回老家都是三个人，总是不见阿悦，大家早晚会起疑。

关于此事，我想阿悦家并非疏忽大意，他们多半不是想隐瞒真相，而是想利用这一把柄继续敲诈伊潘。

伊潘不是善类，自然不会一直坐以待毙。只有彻底解决这个问题，才能一劳永逸。而问题的关键就在于，阿悦生理意义上死了，社会意义上却还没死，尤其是在寨子里。

阿悦家拿到最后一笔钱以后，接受了伊潘的安排。他们找了个精神不正常的流浪女，乔装打扮一番，一起带回寨子。

那一年传染病肆虐，戴口罩并不显得怪异。流浪女跟着阿悦家招摇过市，寨子居民都理所当然地认为，这个戴口罩的女人就是他们的女儿。

回家后不久，他们将流浪女溺死在水缸里，再将她的鞋子抛进湍急的河流，假称女儿失足落水了。

乡邻们帮着打捞了三天三夜，流浪女的尸体就在水缸里泡了三天三夜。直到泡到尸体肿胀出现巨人观，全然分不清样貌，他们才趁着天黑，将尸体扔进河道垃圾聚集的弯道里，并于次日被众人发现。

之后，就是一场宣告阿悦社会意义上死亡的葬礼。

阿悦家并非独自完成了这一切，他们事先与伊潘商议了。伊潘的妻子也知情，这正是伊潘的妻子出现在葬礼上的原因。从阿悦的假尸被发现，到举办葬礼，再到火化入土，她要确保全程不出任何差错。

这次交易结束，也就彻底解决了阿悦家敲诈的问题，不必担心再有下一次，因为阿悦真正死了。遗体火化下葬，一切就已经尘埃落定，墓中的骨灰就是阿悦，所有前来吊唁的人都能证明。

事情已经圆满到无懈可击，阿悦家将来再想翻供，也没有任何证据。毕竟骨灰就是灰，一盒子无机物，查不出活人的秘密。

如今阿悦的母亲将真相告诉我，也没什么要紧，因为我同样无法证实，也无法证伪。

我只是得到一个不知是真是假的残酷真相而已。

阿悦的母亲说："我们对不起悦悦，也对不起那个流浪的女人。可我们也没有办法，当年选择了那条路，就只能硬着头皮走下去。"

我看着她悲痛的表情，胃中一阵翻腾。

临走前，她还宽慰我："忘了这件事吧，已经过去太久了，跟你也没有关系。我们都该走出来了。"

可是这之后，我不仅没能逃脱梦魇，反而陷入了更深更沉的梦魇。

我反复回到那一天，被无形的手拎到那扇虚掩的门前。

阿悦去世的那一天，我是唯一一个去过现场的人。如果当时我做些什么，而不是悄悄离开，阿悦会不会有一线生机？

我每天陷在这样的假想中，被梦魇翻来覆去地折磨，我当然希望这件事与我无关，就这样过去。可是无论白天黑夜，我都克制不住地去假想，去懊悔，而后活在无尽的自责痛苦中。

有一天清晨醒来，我去卫生间洗漱，忽然在镜子里看见了阿悦的脸。我尖叫着砸碎了镜子，碎片掉落一地。我的生活也像这镜子一样，碎得七零八落。

我知道阿悦九泉之下无法安宁。这么多年，她一直都在怪我，怪我没有救她。

而我现在什么也做不了，我甚至不知道她真正的遗体在哪里，无法到她面前对她说声对不起。

——等等，我刚才想到什么？ 阿悦真正的遗体。

我忽然意识到，事情并没有圆满到无懈可击的地步。墓里的骨灰已经尘埃落定，所有人都认定那是阿悦。

但是换一个角度，如果能找到阿悦真正的遗体，证明这个遗体也是阿悦，那么矛盾点就出现了。

先不管如何证明，警方的技术手段应当是能支持的。关键就在于，阿悦真正的遗体在哪里？

伊潘当年租的二层小楼已经拆了重建，重建时没传出挖出什么的新闻。

寨子虽然不大，但也不小，周围有山有水，难如大海捞针。遗体在哪里，只有伊潘知道。

我终于明白我还能做什么。如今我的生活一团糟，我迫切地需要做些什么。

曾经我作为旁观者参与到好友被杀事件中，又无意间成了其中的变量，使得事情有了更复杂的发展，影响辐射至今。

如今我既已得知真相的一部分，就不能理所当然地逃避它。我不得不为了完整的真相做出努力，否则阿悦永远不会放过我。

要想从伊潘嘴里得知阿悦遗体的下落很难，毕竟这不是什么能放在明面上讲的事情。但我也只能走一步看一步。

我辞了工作，来到伊潘的城市。

大学毕业后，我一直在外闯荡，原本就是漂泊无依，没有朋友，没有爱人，到哪儿都可以。

好在我学的专业市场缺口大，到了新城市也很快找到了工作，工作时间也很有弹性，有闲暇做自己的事情。

我花了半个月时间打听伊潘的下落。先是通过公开信息找到伊潘长期合作的出版社，再到出版社楼下蹲点，蹲到伊潘后再跟踪，最后得知了伊潘的住址。

我在他家对面楼租下一个单间，又买了高倍望远镜，架在窗边对准他家。我所有的空闲时间都用来观察伊潘，想办法寻找突破口，甚至每天他家丢弃在楼下的垃圾，我都捡回来研究。

跟踪观察了两个月后，我发现伊潘患有严重的心理疾病，他和妻子不仅是夫妻关系，还是医患关系。心理医生如果和患者相爱，按理说是不能继续治疗的。所以为了掩人耳目，他们把治疗地点放在家里。

他们隔三岔五就会面对面坐着谈心，或者说是心理治疗，这种环节往往需要复盘过去。

这表明伊潘非常信任妻子。妻子也知道他的底细，和他一条心，否则也不会帮他善后阿悦一事。

我预感我想要的信息会出现在心理治疗中。关键是，我怎么才能知道心理治疗的内容呢？

一直暗中观察肯定行不通，我需要接近他们。

我曾与伊潘有过短暂交集，不确定他是否还记得我，不能冒险。所以我决定从伊潘的妻子入手。

伊潘的妻子名叫阿宛。观察两个月下来，阿宛的习惯与喜好我也基本了解了。

阿宛每周会有三天去瑜伽馆，这是固定的；她还喜欢去博物馆看展览，频次取决于展览更新情况。她尤其喜欢刺绣展，有一次乱针绣展到这边展览一个月，她去看过好几次。

瑜伽和看展这两个爱好她都是独立经营的，没有和伊潘或者朋友一起，所以是很好的突破口。

我花了一段时间钻研瑜伽，关注了近半年的展览预告，预先学习相关知识，做好了充足的准备。而后我将自己包装成一个和阿宛类似的中产女性——我体面的工作也确实能支持这一形象——去接近她。

我报了和她一样的瑜伽班，顺利与她成为点头之交；又在一次展览中与她偶遇，发挥我早有准备的学识，使她对我另眼相看。之后的瑜伽课中，她主动与我搭话，聊起上次的展览，如此我们更加熟络起来。

而后渐渐地，阿宛经常约我一起看展。每次看展前一天，我都做足了准备工作，以便第二天与她侃侃而谈。

阿宛感到与我相见恨晚，我们就这样成了无话不谈的朋友。

当然，有关伊潘的事，她从不多提。她把伊潘保护得很好，也没有介绍我们认识。不过这段时间她的态度有所松动，甚至邀请我到她家吃饭。

总的来说，我和阿宛的相处还算舒服。就像世间大多数朋友一样，我们一起做过很多事，一起看展，一起逛街，一起品尝美食……曾经约好和阿悦一起做的事，我和阿宛都做了一遍。

有时我甚至会忘记自己的真实目的，真正沉浸其中，因为阿宛的气质和阿悦确实很像。可能伊潘喜欢的都是这种类型的女人，而我也喜欢这种类型的朋友。

与阿宛相识一年后，我送了她一幅精美的乱针绣挂画，通上电还可以当壁灯。

阿宛喜欢刺绣，欣然收下，当天就把画挂在了家里。

我在画中动了手脚，好让电池不仅为壁灯供电，还为画中隐藏的某个小元件供电。我想知道全部的真相。

看第二封信的过程中，我几度发狂，还是强忍着继续。

可是看到这里，我再也无法忍受了。我抄起手边的烟灰缸，砸向墙上那幅刺绣画。

妻子原本在厨房忙碌，听到异响连忙过来，就看见我把那幅刺绣拆得惨不忍睹。

“你在干什么？”妻子质问道。

“你在干什么？”我也质问道，“今天怎么没出门，一直在厨房忙什么？”

“我不是说了吗。今天有朋友来做客，做些吃的招待她。”

“是吗？是送这幅画的朋友吗？”

画在我手中彻底散架，我找到了那个窃听器。妻子见状也沉默了。

这幅刺绣画是三年前挂到我家墙上的。三年来，我在心理治疗中吐露的所有秘密，都被一个外人暗中窃听了。

我踩碎窃听器扔出窗外，头脑中嗡嗡作响，思绪混乱。

我既愤怒，又害怕，不知道还能做什么。我来回走了两圈，只能坐下来继续看信。

6

读者来信——

我想知道全部的真相。

考试后的那一天，伊潘杀了阿悦，与阿悦家达成一致，将此事压下。阿悦一家搬离了寨子，伊潘处理了尸体。他们安排得明明白白，警方都无须介入。

只要找到真正的遗体，我就能想办法旧案重提，让警方介入，还阿悦公道，也让我自己安宁。

我在窃听伊潘心理治疗的过程中，寻觅我想要的信息，也顺便得知了更多的秘密。

那些年，伊潘不止作案一起，他是惯犯。成为鬼才的最佳方式，就是把自己变成魔鬼。为了写出精彩的恐怖剧情，他在旅居途中屡屡作案，寻求灵感刺激。

由于旅居灵活性强，又是无差别作案，那时候技术条件也有限，他逃脱法网至今。

后来他收手了，如愿成了鬼才作家，但由于对恐怖题材探索过深，曾经作过的孽对他造成了反噬，严重侵蚀了他的正常生活，以至于不得不频繁接受心理治疗。

他把他做过的事情详细地讲出来，一遍遍地讲给阿宛听，由阿宛帮助他一点点地脱敏、遗忘。他每讲一遍，就多遗忘一点。几年下来，他已遗忘了大多数作案细节，得以安然入睡了。

而我旁听了三年，也知道了更加完整的真相。

我曾穷尽不同人的角度，去还原当年流传在寨子里的丑闻。我找过过去的同学，找过阿悦的母亲，我以为我早已知道了真相。直到看到伊潘的角度，我才明白我所想当然的一切，从最开始就该全部被推翻。

那一晚在出租屋里，我摘下窃听的耳机，看着天花板发了很久的愣。我失去了思考能力，唯有哭泣。

我抱着膝盖，蜷缩在被窝里，哆哆嗦嗦哭了整整一夜。真相是多么残忍啊！

那一天，阿悦去了伊潘家，此后没有人再见过她。我站在那扇虚掩的门前，我是最后一个。

但我看见阿悦了吗？ 没有。

我没有推开那扇门。虽然我在梦中推开了无数次，但当时我没有推开，我离开了。

我本身就是内向孤僻的人，遇事从不主动争取，没有打破砂锅问到底的执念，连青春期的一腔孤勇都转瞬即逝。 旁人觉得我清高，其实我只是胆怯。

我非常胆怯，也非常知趣，只需要察觉到一丝端倪，我就会主动退一步，再顺势退九十九步。

我不仅退缩，还自以为是。直到事情过去了十年，我才打破想当然的惯性思维，真正搞清楚那扇我没有推开的门里，到底发生了什么。

那一天，阿悦独自一人去了伊潘家，伊潘热情招待了她，邀请她到楼上书房看小说。

可是二楼那扇门背后没有书架和小说，只有一张床和刀斧一类的凶器。

阿悦进了那扇门，迎接她的便是惨无人道的强暴与虐杀。

原来我和阿悦期待了一个月的约会，竟是魔鬼的邀请。 伊潘约我们来他家，本就计划着要杀了我们。阿悦提前一天先来了，他便先下了手。

伊潘对小女生的纯情告白不感兴趣，他强暴了阿悦，又捅了她二十多刀。

行凶过后，伊潘把刀扔到一边，看着阿悦抽搐了一会儿，往门口爬。他没有阻拦，他知道那是人本能的求生意志，是回光返照。她被捅二十多刀，必死无疑。

她拖曳着一地的血痕，往门口爬去，唯一的念头就是离开这个可怕的房间。

门是虚掩的，露出一道门缝。她终于爬到门口，伸手 要把门拨开。她却透过门缝，看见她的好友上了楼梯。

那一刻，她忽然清醒了。

她想喊住我，叫我不要过来，又唯恐惊动了伊潘。

我的朋友阿悦，她很了解我。她知道我是胆小又知趣的人，我是站在那扇虚掩的门后，察觉到一丝端倪，会转身就走的人。

阿悦在生命的最后，拼尽全身力气，装出叫人误会的暧昧嗓音，喊了伊潘的名字，喊给我听。

她伏在地上，满是血的手伸向前，亲手关上了那扇门。

我和阿悦从小一起长大。我们之间有过欢笑，有过忌妒，有过信任，有过猜疑。最后那一天，我们还各怀心思互相算计。

可是生命的最后一刻，阿悦还是保护了我。她亲口毁掉自己的人格，把无比痛苦的强暴变为合奸；她关上那扇虚掩的门，亲手捻灭残存的求生欲。

而我对此，毫不知情。

我用一个月的时间诋毁她，用五年的时间怨恨她，又用了五年的时间，想尽办法摆脱她。

直到事情过去了十年，我才真正打开那扇门，真正意识到，我的朋友阿悦虽然开朗外向，但也不是那种随随便便的女孩。我明明没有亲眼所见，却想当然地盖棺定论。 我竟从来没有存疑过。

阿悦很了解我，我却不相信她。所以现在她惩罚我，叫我知道真相，从此我余生都无法安宁。

我将永远无法摆脱她，永远无法摆脱痛苦悔恨的心，永远面对这样一个卑劣又愚蠢的自己。

这是最恒久的痛苦与折磨。 故事到这里，就结束了。

但是为赎罪而存在的人生，才刚刚开始。

我写下这封长信，怀着一颗惶恐的心，向你们讲述我的亲身经历，只为了现在问一句——你们愿意陪我一起，承受恒久的痛苦吗？

我难以用激烈的方式复仇宣泄，我没有杀人放火的胆量，也不忍心让您的才华从此埋没。我只能尽我所能，为我们三人的余生做好安排。

伊潘先生，对于作家来说，失去灵感是很痛苦的，是吗？痛苦到您不得不选择封笔来逃避。

但是作为您忠实的读者，我是万万不能接受您封笔的，请您务必继续写下去。

如果有一天，我发现您写不出作品了，我会将心理治疗的录音曝光给媒体。要知道，阿悦一案确实没有警方介入，但是还有几桩案子的受害者尸体被发现了，警方立了案，至今悬而未决。

我一直很喜欢您的小说，请您无论如何都要绞尽脑汁地去写下去。我会像之前那样继续观察您的生活，希望您每天都能好好工作。

另外，您的妻子阿宛，爱您爱到作为您的心理医生，聆听了那么多丧心病狂的罪行，却不仅没有告发您，还嫁给了您，这点让我无法理解。但无论如何，她都是我的朋友，这些年与她做朋友，我很开心。我不希望我们的友谊就此结束，我想和她做永远的朋友，如此我才能在痛苦之余，聊以慰藉。

虽然我现在摊了牌，但并不影响阿宛继续做好一个合格的朋友该做的事。如果这点要求无法满足，如果她不能继续为我提供情绪价值，我同样会将一切公之于众。

从今天起，我每天都会设定好次日定时发送的邮件，每天手动调整延后一天。如果某天我不幸身亡，无论是意外还是人为，这些信息都会于次日自动发送给媒体。

我会每天记得修改邮件发送日期，每天提醒自己那件让我一生中最后悔的事。我将如西西弗斯一般，将那块巨石周而复始地推上去。

以上，如果您同意，请您一会儿将这封信夹在您亲笔签名的小说中，还给我。

祝您安好！

您忠实的读者

7

第一次来朋友家做客，我很紧张。好在朋友和她老公都很热情。

“老公，这就是何宁，经常和我一起看展的朋友。”阿宛的语气有些生硬，但仍然面带微笑。

“常听宛宛说起你。”伊潘打了声招呼，送了我见面礼。是他亲笔签名的小说，里头夹着一个信封。

于是我知道，我的计划成功了。

在信中我告诉伊潘这计划会持续永久，但我们其实都清楚，凭伊潘目前的状态，他很难再写出优秀的作品。我这样做是想让他饱尝精神折磨，他不该因忘记这些事而活得心安理得，他应该在噩梦中煎熬地度过余生。

当然，他终究要受到法律应有的制裁，所以其实还是有期限的。他作恶多端，我不会让他一直逍遥法外。届时，我的所作所为也会一同公之于众。

---

▶▶▶

本文选自知乎白金盐选创作者核融炉作品集《谋杀前夜》（北京宏泰恒信文化传播有限公司策划出品/江苏凤凰文艺出版社2025年5月版），已获得授权。



评论列表

**楼主评论：** 何宁最后为什么会选择用写文的方式来惩罚凶手？

**网友回复：**

（扫码参与互动讨论）

逝者来电
宋鹤，救救我，
救救我，我在雨降山。
Chapter 02
作者：喝冰可乐吗

# 逝者来电

Chapter 02

作者：喝冰可乐吗

加好友　写留言　　　点击：xxxx　　回复：xx

▶ **楼主发帖：** 求助，失踪很久的好友突然给我打来电话，我应该接吗？

深夜，我接到闺密的来电。

“救救我，救救我，我在雨……”

我惊恐地挂断了电话。

因为，闺密在半年前就失踪了。数月后一场暴雨将她的断肢从山上冲下来。

而刚刚电话里的，就是她的声音。

◂1▸

天亮后，我回忆着昨晚发生的一切，神情恍惚。

电话里闺密的声音那么真实，但空荡的对话记录却显示，这一切只是我的一场梦。

闺密徐月半年前在一次户外活动中失踪，她发给我的最后一条信息是：“我在雨峰山，快来找我。”

随后就再也无法联系上。

我带着救援队去山中搜救，户外领队却说他们去的地方是云雾山。

没有人知道月月口中的雨峰山是哪里，更离奇的是，从来没有人见过月月这个人，她仿佛就这样人间蒸发了一般。

直到几个月后的一场暴雨将她的断肢冲到了山下，被当地警方定性为谋杀碎尸，我们也只好接受她已经遇难的事实。

正当我陷入回忆的时候，家里的门被人敲响了。

“哪位？”我一边答应着一边向门口走去。

可当我透过可视门铃上的显示屏看到门外站着的人的时候，我愣住了。

外面是月月的男友，楚乔。

在月月刚失踪的那段时间，我们一起漫山遍野地搜救。直到确认月月已遇害，我们处理完月月的事后便再没联系过。

他怎么来了？

我刚想给他开门，一丝异样的感觉在心中升起——

门外的楚乔一直低着头，看不清脸。

我靠近猫眼，想要再观察一下，他突然抬起了头。

一双灰白色的眼睛占据了整个屏幕，青紫色的脸颊不断扭曲变形，好像皮肤下有什么东西。

伴随着他张嘴的动作，大量的泥土从他的口中掉落出来。

“咯，咯，咯。”

我惊恐地向后退去，却不小心将自己绊倒，后脑勺重重地磕在墙上。

在我失去意识之前，我凭借他的口型勉强辨认出了几个字。

雨峰山。

2

我大口大口地喘着粗气从沙发上醒来。

又是雨峰山。

门口一片安静，仿佛我刚刚见到的一切只是幻觉。

但楚乔灰白色的眼球，以及口中塞满泥土的画面不断在我脑中闪现。

那绝对不是一个活人会有的状态。

还没等我平复下情绪，门口却突然传来了敲门声。

我整个人僵住，这一切仿佛刚刚才发生过。

“宋鹊，你在家吗？”

楚乔的声音在门口响起。

我的心跳加速，几乎能听到心脏在胸腔里跳动的声音。我几乎不敢喘气，生怕被他发现。

就在这时，我的手机突然振动了起来，来电显示是楚乔。

门口的他应该也听到了电话铃声，敲门声变得重了起来。

“宋鹊，我有事找你！”

此时再装作没人在家可能没那么让人信服了。

我悄悄摸到门边，通过可视门铃观察楚乔。门外的楚乔神色正常，看起来和常人无异。

我稍稍松了一口气。可能是我最近太累了，才会连续做两个这样诡异的梦。

“我在家，刚刚睡着了，怎么了？”

“你快点开门，我有月月的消息了！”

我胆战心惊地给他开了门。

“你怎么来了？”

还没等我跟他打招呼，楚乔就挤了进来，径直走向客厅。

“哎！你还没换鞋！”

他没理我，将一张地图摆在桌上。从纸张泛黄的成色来看，这地图应该有一定年头了。

“我找到雨峰山在哪儿了。月月说的话是真的，确实有这个地方。”

我看着楚乔用手指的地方，有一行毛笔小楷——“雨峰山”。

而这座山的位置我很熟悉，就是云雾山所在地。

3

“这算什么新发现？充其量是发现了云雾山原来叫作雨峰山而已。这下更证实了月月是在这座山上失踪的。”

经历了早上的惊魂梦境，此时的我状态不佳，下意识地去反驳他的话。

楚乔毫不在意，而是坐在沙发上，示意我帮他拿瓶水。

喝掉大半瓶水后，楚乔神情严肃地指着桌上的这张地图：“你知道我是从哪儿得到的这张地图吗？”

我摇摇头。

“是月月告诉我的。”

啪的一声巨响，窗外突然下起暴雨，屋内瞬间暗了起来。

楚乔的脸在阴影中有些看不清，我脑海中瞬间回想起昨晚的两个梦。

我勉强斟酌着语句：“我知道月月的死对你的打击很大，但你也要注意自己的健康，尤其是心理健康。”

但他不慌不忙，依旧指着桌上的地图道：“你不用担心，我没疯。”

在我吃惊的表情中，楚乔向我还原了他的经历。

“昨天临睡前，我突然接到了月月的电话，当时我欣喜若狂，但她的声音听起来很不自然，她很害怕，一直要我去救她。

“在我跟她说我不知道怎么去雨峰山的时候，她让我去这个地方找她的背包，说她的包里有去雨峰山的地图。”

楚乔的手机界面里显示了郊区的一处地点。

“我醒来后，越想越真实，立刻开车到了这里，没想到居然真的让我找到了她的背包。”

我有些担心，专业的事还是交给专业的人来做比较好。

“要不，你把这个交给警方吧。”

楚乔摇了摇头：“不，我要自己去找她。”

“月月失踪的事情已经定性了，她是在户外旅行中失踪的，救援成本太高了。况且我拿出这幅地图有什么用，只是山换了名字，谁会相信群山之中藏着一座雨峰山？”

他有些自嘲地笑笑：“其实我也忍不住怀疑，是不是我已经精神分裂了，这些事情会不会都是我自己做的，就是为了让我相信月月还没有死。”

泪水不断地从他的脸颊落下，后来他失声痛哭起来。

我坐在对面，回想起月月温柔的脸。一起回想起的，还有昨晚她惊恐的求救声。

如果她真的在那座山上等我们呢？

想到这里，我的恐惧消散了大半。

我深吸了一口气，拍了拍楚乔："楚乔，接下来听到我说的话你不要激动。"

"嗯，好。"

"昨晚我也接到月月的电话了。"

在楚乔震惊的目光中，我把昨晚接到电话的事情详细地给楚乔讲了一遍。出于一种奇怪的心理，我没讲第二次看到的幻觉。

楚乔并没有责怪我不接电话的事，而是结合已有的资料做分析。

"你说你当时闻到了雨水味？"

"是的，不仅如此，电话里的背景音也是很大的雨声。"

楚乔在笔记本上写了大大的一个"雨"字。

他抬起头，眼神十分坚毅。

"看来，我们必须去一趟云雾山了。"

4

云雾镇离我们不远，是一个很小的镇子，聚集了几家酒店和餐馆，除此之外，还有几家户外用品商店和旅行社。

这里被发掘为登山地不过几年的时间，有不少外地人过来做生意，很少能见到镇子里的当地居民。

距离上次来这里，已经过了大半年的时间，这里看上去和之前没有什么不同。

我们在镇子里打探了一下雨峰山的事情，问了很多家店，却完全没有人听过。

快到中午了，我和楚乔决定先吃午饭。

在店里，我们一边吃面一边研究那张地图，店老板在看到我们的地图后走了过来。

“你们是要去雨峰山吗？”

我和楚乔对视了一下，这是我们第一次在别人口中听到雨峰山这个名字。

我连忙问道：“老板，你知道这个地方？”

他笑了笑，指了指头顶：“知道雨峰山的人可不多喽。你看这山脉里绵延的千座大山，这雨峰山啊，就是其中的一座。”

“这么多年来，有多少人都想要找到雨峰山，却怎么都找不到。”

我有些疑惑：“不就是一座山吗？为什么这么难找啊？”

兴许是很少有人与之闲聊，老板兴致很高：“这雨峰山的‘峰’原本不是这个字，而是封印的‘封’。之所以叫作雨封山，是因为这座山只在雨天才会打开封印，晴天的时候是找不到这座山的。”

看着我们二人震惊的表情，老板对自己讲故事的能力十分自信。而我和楚乔则是张大了嘴巴。

如果雨峰山是一个这样的地方，那么当时我们和搜救队没有找到月月也正常。

从餐馆出来后，我和楚乔都有些沉默。我们没想到，徐月去寻找的竟然是一个神话传说。

这种伴随大雨才会出现的仙山，要怎么寻找？

楚乔沉默了一会儿，说道：“要不我们自己上山吧，碰碰运气也好。”

我和楚乔想得一样，与其在这个镇上等待，不如上山碰碰运气。况且，我们身上还有月月给的地图。

我和楚乔认真地看着这张地图，从纸张上来看，这张地图没有什么特殊的地方，但我们都注意到了，随着我们离云雾山越来越近，地图中间的“雨峰山”三个字的墨色越来越深。

仿佛它们之间有感应一般。

也许这张地图真的能指引我们找到雨峰山。

不管月月是因为什么原因被困在那里，我都要带她回家。

突然，一个黑影从一旁蹿出，将我和楚乔撞倒，随后抢走了我们手中的地图。

那个人抢到地图后，立刻闪身向巷子中跑去，我和楚乔则快速地爬起来。

“追！”

5

那个黑色身影七拐八拐的，速度很快，我们眼看就要跟丢了。就在这时，楚乔加速奔跑，一个高抬腿踹在了那人的背后，那人立刻跌倒在了地上。

我赶忙跑过去，拉下他的帽子，露出来的是一张我完全不认识的脸，黝黑、青涩，一双大眼睛正在滴溜溜地转。

楚乔很不客气，一把拉过了他的领子，拿走了他手中的地图。

“说，你跟着我们干什么？”

这个男孩子吓得连连后退：“我没有跟着你们，你们误会了。”

“那你抢我们的地图干什么？”

“看错了，我以为是钱呢。我家里穷，你们就放我一马吧。”

多么经典的电影台词，但是剧本告诉我们，这样的对话通常是借口。看着他躲闪的目光，我很清楚，他的目标就是这张地图。

我拉着他的领子：“你说不说？你不说我就带你去找警察。”

这种偏僻的地方，警察叔叔有着绝对的权威。

小毛贼立刻就怕了。

“我说，我说。是有人让我来抢你们的地图的。”

我和楚乔对视一眼，我们今早才来到云雾镇，是谁盯上了我们的地图？难道说还有人想要去雨峰山？

我掏出几张百元大钞：“你告诉我是谁让你来抢地图的，这些钱就都是你的。”

男孩盯着我手里的钱，迟疑了一会儿，勉强开口道：“是一个姐姐让我来的，她要我抢走你们的地图。”

姐姐？这个答案让我和楚乔都很疑惑。

“对，是一个姐姐，长头发，很温柔，笑起来有两个酒窝。”

一种诡异的气氛在我们之间蔓延了起来。

如果说还有哪个“姐姐”会和这个地方有关联的话……

楚乔有些将信将疑地掏出手机，指着其中的一张照片问道：“是她吗？”

男孩看了看照片，确信地点了点头：“就是这个姐姐，没错。”

屏幕里，是月月明媚的笑脸。

楚乔当即抓住了他的肩膀。

“她在哪儿？”

“我不知道。”

“带我去见她！”

“我真的不知道啊，我很久没见过她了！”

楚乔听到和月月相关的事很难控制好情绪。

“楚乔，你冷静点，他还是个孩子。”我示意他到一旁听着，让我来问。

“不许说谎，否则钱不会给你的，真的是这个姐姐让你来的吗？”

“是的，她给了我两百块钱，让我来抢你们的地图。”

“她在哪儿啊，可以带我们去找她吗？”

男孩摇了摇头：“我也很久没见过她了，之前我还以为她说的话是假的。”

“什么话是假的？”

“她说你们一定会在今天来到镇子上，让我盯好你们。”

“为什么你会觉得这话是假的？”

男孩擦了一下鼻子:“因为这是她半年前跟我说的。”

人的心理绝对可以影响生理，因为几乎是顷刻间，我就感到遍体生寒。

一旁楚乔的脸色也难看得不行。

如果这个男孩说的是真的，那就意味着，早在月月第一次来云雾镇的时候，她就找到了这个小男孩，让他盯好我们。

她知道我们会在今天来，还知道我会和楚乔结伴而行。换言之，她知道自己会死。

这个想法一旦在脑中出现，就怎么也挥之不去。

只有楚乔在一旁很开心。

“我就知道，月月肯定没事的。如果她有事的话，她怎么会提前安排这些。”

面对楚乔的笑容，我扯出了一个比哭还难看的笑容。

一旁的男孩小海正在大口地吃着一碗馄饨，这是我们刚买给他的。

说实话，我一直无法认同楚乔觉得月月还活着的想法。

之前和楚乔一起寻找月月的过程中，我是抱着找回月月的尸体，不能让她一个人暴尸荒野的打算的。

因为之前在云雾山附近发现的月月“断肢”，几乎可以称为尸体——是从腰部断裂，完整的下半身。

谁受伤到这种程度还能活？

但是楚乔不这样认为。

他始终认为月月还活着，现在听小海说了这样的消息后，更是希望我们能立刻上山接月月回来。

“小海，你知道雨峰山怎么走吗？”

小海点点头，又摇摇头，我注意到他脸上有一丝不易察觉的恐惧。

“你知道这个地方，是不是？”

他看瞒不过去了，便讲了一个和餐馆老板说的内容差不多的故事给我们听。

“只是一个很难找到的村子而已，你在怕什么？”

小海几乎是立刻反驳道：“我没有害怕！”

“那你带我们去，带我们去的话我给你五千块钱。”

看着他犹豫的表情，我知道我赌对了。

刚刚在交谈过程中，我知道他家里人生病，非常需要钱。另外一点，是我赌对了他知道雨峰山在哪儿。

他和月月的关系绝不是他说的偶遇那么简单。

楚乔见小海同意带我们去找雨峰山，也高兴了起来。

“走，我们去买些装备，早点出发。”

我们在户外用品店买了三人的装备和一些食物补给，准备明天天一亮就上山。

夜晚，我在酒店房间里，总感觉心神不宁。

自从那晚梦到月月后，一连串的事情让我没有时间思考。

当我反应过来的时候，我已经到了云雾山脚下。明天一早，我们就会去寻找传说中被大雨封印的雨峰山。

我总感觉自己的大脑好像被一层薄雾笼罩，却想不出自己遗忘了什么。

天气预报显示明天就有一场大雨，寻找被雨封印的雨峰山，我不知道这对我们来说是好事还是坏事。

一切的一切都太顺利了。

“叮叮叮。”

突然，放在桌上的手机响了起来。我走过去一看，瞳孔骤然收紧。

和那晚接到月月电话时一样，显示的是未知来电。

手机持续地在手中振动着，不断响起的铃声刺激着我的神经。

我鼓起勇气，将手机放至耳边：“喂，你好？”

“宋鹊，救救我，救救我，我在雨峰山。”

和那晚听到的声音一样，面对逝者的来电，我恐惧得发抖。

我努力鼓起勇气去跟月月讲话：“月月，我要怎么才能救你？”

我的声音响起后，对面仿佛静止了一般，只能听到哗哗的雨声，甚至还能听到我自己声音的回响——

才能救你，能救你，救你，你……

突然，月月爆发出了刺耳的尖叫声。

“救你！要救你！

“不要靠近雨峰山！不要靠近楚乔！

“宋鹊！不要来找我！”

嘟嘟嘟……

随后，电话便被挂断了。

月月的尖叫声炸得我耳膜发痛，望着黑屏的手机，刚才的一切好像幻觉。

我站在窗边，窗外的风刺骨的冷，连烟蒂烫到手都没有发现。

8

天蒙蒙亮的时候，楚乔就来敲我的房间门。

“宋鹊，你收拾好了吗？我们该出发了。”

我正在用冷水洗脸，希望自己清醒一点。

“来了，马上，你们先去餐厅等我吧。”

等我到餐厅的时候，楚乔和小海已经吃得差不多了。

我搅动着面前的咖啡，问：“一会儿有什么计划？”

“没什么计划，先让小海探路，找到了雨峰村再说。”

“你怎么知道一定会有雨峰村？”

听到我的问题，楚乔抬头看我：“月月就是在那儿失踪的，怎么会不存在？”

"我的意思是，那么多人都说不存在这个地方，但昨天就听到两个人说知道怎么去那儿。你不觉得奇怪吗？"

楚乔大口吃着面前的馄饨，将最后一口汤喝尽："别想那么多了，快点吃完上山了。"

我硬生生地将后半句问题咽了回去，我想问他：难道你去过？

我跟在楚乔和小海的后面，依旧不死心地说："这条山路当时我们搜寻过很多次，根本没有什么雨峰山。"

这是当时我们雇佣救援队走的路线，我印象很深刻。

小海向楚乔那边伸手："把地图给我。"

"你要地图做什么？"

"只有跟着这张地图上的路走，才能找到雨峰村。"

他这种说法很怪，难道跟着一张地图走，我们就会走上一条不存在的路吗？

楚乔明显也犯嘀咕，但他还是将地图递了过去。

我一直在想昨晚月月给我传递的消息是什么意思。

楚乔那张青白色的脸，又重新浮现在了我眼前，一个不留神，脚下踢到了什么东西，险些被绊倒。

"哎哟。"

楚乔过来扶我，顺便低头看了看把我绊倒的东西。

是一截露在地面的背包带，看样子像是以前别人遗落在这里的，但是那材质和布料看起来有些眼熟。

我试图蹲下去研究那截布料，却被楚乔拉走了。

“快走吧，山里天黑得快，我们赶路的时间不多了。”

他说得也对，况且看天色，很快就要下雨了。

◂9▸

很快，豆大的雨滴顺着树林间的缝隙滴落下来，砸在我的脸上。

我跟在楚乔和小海的后面，慢慢地爬着。沿着地图上指明的路线，我们很快就脱离了山道，走到野道上来。

“我们要不要沿途做些标记啊？这条路线在卫星上都不存在，这样下去我们会迷路的。”

楚乔在前面用工兵铲不断地劈开面前挡路的树枝，他听了我的话后点了点头，表示赞同，

同时，用工兵铲在一棵树上砍了一个X的痕迹出来。

我也在周围的树上砍了几下，做了一个三角形的痕迹出来。

即使地图上标记的是一条不存在的路，但凭借地图上标注的山石、巨树等标志物，我们居然真的一直在向山上走去。

我有一丝怀疑，雨峰山可能真的存在。

雨越下越大，周围的能见度变得很低，我们不得已找了几棵巨树中间枝叶比较茂密的地方躲雨。

“还要多久能到？”

小海看了看地图：“已经很接近了。”

看到他们这副样子，我再也压抑不住心中的怀疑。

一路上，楚乔对雨峰村的存在深信不疑，以及小海对山路的熟悉。

我忍不住问：“你们是不是来过这个村子？到底是怎么回事？”

楚乔急忙安抚我：“宋鹊，你不要激动，我慢慢跟你讲。”

“其实这半年来，我对雨峰村做了不少研究，这个村子不仅是个遗落的地方，还有很多传说，我没跟你说是怕你觉得我太迷信了。”

说完，他又指着一旁的小海：“不过小海真的是偶然的事件。”

“那你告诉我，当时月月为什么让你盯着我们？”

小海居然狡黠地向我们眨了眨眼睛：“她让我盯着你们，怕你们不上山。”

说完，他一个闪身向森林深处跑去。雨这么大，几乎是顷刻间他就不见了。

只有一张地图留在他刚才坐过的地上。

◂10▸

事情变化得太快，几乎是瞬间，我们就失去了小海的踪迹。

“这孩子！”

面对变故，楚乔也傻了眼：“我还特意给了他两千块钱，让他辛苦点，一定带我们上山，没想到是给我们下的一个套。”

我有些茫然，现在我们身处深山之中，虽然来的时候在沿途做下了标记，但是没有向导的话，在山中始终是非常危险的。

我抬头看向头顶望不到顶端的山：“楚乔，我们还继续往下走吗？”

“当然要走了，雨下得这么大，雨峰村肯定已经开了。我们只要在下一场雨到来之前找到村子就可以找到月月了。”

楚乔一如既往地乐观，只是我们真的能找到村子吗？

雨下得这么大，一时半会儿我们也无法出发。

我好奇地问楚乔：“你刚才说的雨峰村的传说是什么？”

他抬头看向我“你真的对雨峰村一点都不好奇吗？”

我摇摇头。一开始的时候，我对如何找到月月非常用心，但并没有将注意力放到这些山间传闻上，只求能尽早找到雨峰山。

他低头摆弄着火堆，我们必须取暖，否则潮湿的环境会迅速带走身上的热量，导致失温。

眼看烟起来了，他坐在一旁："雨峰山的传说有很多，除了是一座被雨封印的山外，还有人说，这是一座仙山。"

"仙山？"

"我后面查了很多资料，有许多人都说自己在爬山的过程中遇到了和原本地貌完全不同的环境，就好像一座山上嫁接了另外一座山一样。比如在林中遇到了雪山、竹林，还有一些人说自己遇到过大片大片的桃花林，更有一些人诉说的经历更加离奇。除了植被不同外，还有人在山上遇到过连季节都不一样的区域。"

听了楚乔的话，我有些不以为然："人类其实很渺小的，遇到这种情况是由于我们对自然的不了解。"

他点头表示赞同，一边摆弄着面前的火堆，一边拿出锅具准备做午餐。

"没错，但还有人说，这片区域甚至会移动。曾有一个人在两次登山过程中都遇到了这样的事，但他两次走的是完全不同的路线，根本不可能和上次见到的景象重叠。"

"环境相似，又不能说明什么。"

"这个人在其中一棵树上见到了自己遗落的帽子，这能说明什么呢？"

我没有再继续反驳下去，毕竟我现在经历的这些事本身已经无法用科学解释了。

“所以我又调查了云雾山这片区域，发现也有不少人有过相似的经历。只不过云雾山的野山道比较小众，这些经历多是发在国外的一些户外驴友网站上，这也是我们上次没有搜索到信息的原因。”

我沉默了一会儿：“所以，你认为月月处于一片可移动的区域里，一直被困在云雾山中？”

“没错，这就是我的想法，我认为月月是听了一些传说，才来寻找雨峰山的。她找到雨峰山后，因为一些原因没能及时离开，才一直被困在雨峰山中。”

这样想来，楚乔的想法也没错。

只是他的这些设想都基于一个让人很难相信的假设。

那就是在云雾山中存在着一片被封印、会移动且十几年都没被人发现的区域。

◂11▸

水开了，我和楚乔分别投了一块面饼进去。

刚才楚乔的话让我陷入思考：如果真的存在这样的地方，那这段时间里，月月或者说她的尸体，一直在云雾山中移动。

听起来像鬼故事一样，这样的设想让我忍不住打了个冷战。

“好了，别想那么多了，我们已经很接近了。等一会儿雨停了，我们就继续向上出发。”

此时锅中正煮着面，面在沸腾的水中翻腾。

我望着水面出神，突然有一滴深色的液体滴入锅中，颜色瞬间在水中散开消失不见了。

这段时间因为下雨的原因，不断有雨水掉落下来，我并不在意，但我敢肯定这次滴下来的绝不是雨水。

我连忙抬头向上看去，率先与我对视的，是小海惊恐的表情，好像看到了什么不可思议的东西一般。

但绝不是因为我，因为他脖子处的伤口说明了一切。

他已经失去了生命气息，被挂在林中的高处，从上至下地注视着我和楚乔。而我和楚乔却对周围发生的事情一无所知。

我伸手招呼还在一旁忙碌的楚乔。

“楚乔，你快看。”

他抬头看到小海，立刻变了神色，快速地将周围的装备收起来。

“快，我们先离开这里。”

此时小海脖颈处依旧有血液不断流出，其中一滴直接砸在了我的脸上。

◀12▶

楚乔和我迅速离开，我们已经无暇查看小海的情况，周围一定存在很危险的人。

“这里危险，我们先离开再说。”

这一幕太过惊悚，我整个人都处在一种恍惚的状态里。

我被楚乔拽着在林中奔跑。

“明明刚刚小海还和我们在一起，他怎么会变成这样？”

我的情绪有些崩溃。

从小海跑开消失到他的尸体出现在树顶，这前后最多只有半小时的时间。其间我们从未发现其他异常，也没有听到过其他人的声音。

他就那样悄无声息地死了，直到滴落的血液被我发现。在此之前，他在上空已经不知道注视了我们多久。

一想到这点，我就感觉有些毛骨悚然。

我和楚乔在林中快速奔跑。

只能凭借记忆里的地图快速前进着。

跑了差不多一公里的距离，我们找了一块巨石稍作休整。

楚乔先是环顾四周：“跑了这么久，应该没有人跟来。”

随后打开背包检查装备，刚才走的时候非常匆忙，只随便抓了一些东西。好在没有损失太多，剩下的物资足够我们完成接下来的路程。

在这种野外环境里，没有装备和物资，和等死没什么区别。

“这森林不安全，不知道谁在暗处。看血液的新鲜度，小海应该是刚跑开不久就遇害了。”

我点头同意楚乔的看法，同样感觉有些后怕：“为什么会杀小海呢？是雨峰村有什么秘密吗？”

楚乔看我的脸色有些不自然，他有些答非所问：“看地图，我们就快到了。”

疑惑不断在我心中升起，到底是谁杀了小海？刚刚我们二人根本没有防备，却安然无恙，或者我们也是目标，只是因为对方还没来得及动手，我们就逃开了？

就在这时，我在一旁的树上发现了一处异样。

我将挡在前面的楚乔推开，用袖子大力地擦着树上的苔藓。

一枚三角形标记出现在我面前。

三角形顶端的部分有些交叉，是我早上做的那个标记。

◂13▸

楚乔刚要跟我说些什么，后面突然传来踩断树枝的声音。

“谁在那里？”我扭头向后看去，只看见一个黑影向林中跑去。

我没敢贸然去追。

楚乔从包里拿出了一把锋利的工兵铲递给我：“宋鹊，现在来不及解释了。我们现在很危险，这个你拿着防身，我们一定要救小月出去。”

我将工兵铲接过，和楚乔并排看向森林深处。刚才的身影已经不见了，留给我们的只有越来越暗的天色。

“这样下去不是办法，我们必须快点到达雨峰村。否则天一黑，我们就完全没有防范了。”

我们将头灯打开，加大能见度，立刻向山上走去。

“楚乔，刚刚那个痕迹是怎么回事？我明明是早上做下的标记，怎么会全是苔藓？”

楚乔在前面带路，没有接话。

突然，我感到身后不远处有响动，我立刻回头看去。头灯的光照亮了后方的森林，一张脸在林中闪过。

那是我自己的脸！

我彻底无法压抑自己的情绪：“楚乔！关于这片森林你还有什么没有告诉我？！我看到了我自己！”

听到我的尖叫声，楚乔此时才回过头。

“你看到你自己了？”

“对！我刚才在身后看到了一个人，和我一模一样！”

楚乔兴奋地来拉我：“传说都是真的，我们快去救月月！”

我挣脱开了他的手：“你必须说清楚，到底是怎么回事，否则我一步都不会往前走了，我现在就要下山。”

楚乔伸出手，将我大力地向上一拉，刚才还瓢泼的大雨立刻消失了。

我的脚踏在干爽的土地上，周围的环境也和刚才完全不同，植被、花草，看起来完全是另外一片生态环境。不远处甚至还有几座小房子。

我想向后退，却依旧在这片土地上，刚才那片还在下着暴雨的森林仿佛一下消失不见了。

我有些迷茫地看着楚乔。

“我们到了？这就是雨峰村？”

◂14▸

楚乔无视了我的问题，大踏步向前走。

考虑到刚才在林中见到的那张和我一模一样的脸，我立刻跟上楚乔。在这种环境里，和熟悉的人待在一起是最好的选择，暗处不知道隐藏着什么样的风险。

他七拐八拐地向一座小草屋走去，途中神情紧张地看了一下路边的草地。我跟在他的身后，也进了这座房子。

房间内的一切不断刺激着我脆弱的神经，里面有一张破旧的床，床上蠕动着什么东西。

靠近墙边的位置摆放着两个背包，看款式分别是楚乔的棕色背包和我的橙色背包。

我终于想起来，今早在路上看到的那截背包带，和楚乔背包的款式一模一样。

此时楚乔已经向房间中的那张床跑去。

“小月，你感觉怎么样？”

这时我才看出来，床上堆了一些衣物和一些医疗用品，而中间是一堆看不出品种的菌菇。

菌床的最上方，是月月被腰斩的上半身。她神情恍惚，身下不断有鲜血渗出。

难道这半年，她就是这样度过的？

看见我们，菌床中的月月抬起眼。

“楚乔，阿鹊，你们终于来了。”

我的记忆仿佛突然涌现，一些被我遗忘的事情正逐渐浮现。我扑过去握住她的手：“你感觉怎么样，痛不痛？”

月月看到我，非常惊讶：“不是跟你说了不要来吗，你怎么来了！快点出去！晚了就出不去了！”

我握住她的手，她的手因为血液循环不畅非常冰冷。此时我脑海中破碎的记忆也在慢慢浮现。

“月月，这次我一定会带你出去的。”

上山的路上，楚乔认真地看着地图，走在最前方，而我和月月有说有笑地跟在后面。

我们是跟随着一个传说来寻找雨峰村的。所谓忽隐忽现的仙村，这都是为了隐藏传说的真相而散布在外的民间谣言。

被大雨封印的仙村，会在群山间移动的神秘区域，根据这两个信息，我们推断出应该是庞然大物在山间移动。

因为巨型生物长期在一个位置不动，自然有一些建筑群偶然地会建造在其身上。在巨兽苏醒后，建筑随后跟着巨型生物一同移动，逐渐就有了会移动的村落的传闻。

结合了很多人的探险笔记，我们推断出，这个巨兽就是龙。

之所以会伴随雨水出现和消失，则是因为遇水化龙的特性。而每次山间下暴雨的时候，龙都会苏醒，随后活动身体，就造成了会移动的仙村这样的现象。

原本我们就对民俗传说非常感兴趣，在深入了解了雨峰山的传闻后，我们最终确定，这个忽隐忽现的仙村就是雨峰村。

还有很重要的一点，在很多传闻里，都说在仙村里见到了不死不灭的人。我们的目标就是找到雨峰山、找到龙，从而寻找永生的秘密。

一路上，我们都为找到传说的真相而兴奋着。

沿途我们做下了标记，按照古老的地图，在山间寻找着龙的栖息地。最终，我们终于踏上了这片土地。

可就在这个时候，变故发生了。

山间的暴雨不期而至，巨龙腾空而起。整座山峰在云朵间腾挪，陆地在脚下移动。

令我们没想到的是，慢一步进村的月月竟被巨大的力量腰斩，下半身被甩入山间不知所终。

我们拖着马上要死去的月月进村寻找生机。

终于我们发现，这里的特殊菌群能够迅速治愈伤口并和身体融合到一起，起到维系生命的作用。

死亡在这片区域不存在，一切生命都进入了静止的状态。

永生，不死，就这样摆在我们面前。

可是这种菌群只在龙身上才起作用，一旦离开雨峰村的范围就会退化成普通的菌子。

就这样，月月以一种极其诡异的方式在这个村子中存活。她变成了一朵巨大的菌类，生长在这片土地上。

记忆逐渐在我的脑中复苏。

我只记得我们无法带月月离开，因为这里的菌群一旦离开这片土地就会脱落、失效。伤到如此程度的月月一到外面的环境就会立刻死亡，无奈之下，我们只能将月月“移植”到菌床上来维持她的生命。

后来我不记得自己是如何离开的，只记得自己回到了家中，而这段和他们寻找仙山的记忆也慢慢消散了。

望着月月身上斑驳的伤口，手腕处甚至已经接近断裂，我不敢想这段时间月月是怎么生活下来的，这段时间她一定寻求了无数的解脱方法。

可以设想的是，无论她受了什么样的伤，这里的菌群总能快速治愈她的损伤，让她一直维持在活着的状态。

一个人，生长在一张菌床上，连死亡都成为一种奢望。

“我好渴，阿鹊，我好渴，我好饿啊。你帮帮我，让我走吧。

“杀了我吧，我不想再这样继续下去了。”

我望着床上的月月出了神。

一旁的楚乔将手中的水和食物小口小口地喂给月月，看到他熟练的动作，一个恐怖的想法在我脑海中形成。

“楚乔，这不是你第一次来了吧？”

他抬起头，眼神里全部是对月月的爱恋。

“我是偷偷来过几次，我不舍得让她走。”

我颤抖着后退，他为了自己的私心，竟然强行将月月留在这个地狱里。

“她这样活着算什么？你这只是在延长她的痛苦！”

“你懂什么，我一直在想办法救她。”

楚乔边说边继续将水喂给月月。

听完这话，我才看到房间内还有另外一张菌床，于是不可置信地看向楚乔。

“这么说来，殡仪馆里月月的断肢也是你……

“没错，是我，为了治好月月，我什么都能做。”

月月的下半身被移植到另外一张菌床上，一双腿维持着存活的状态，断口处长满了菌菇。

这场面非常诡异。

“只要她还活着，就有希望。”

“你一定是疯了。”

楚乔摇了摇头：“我没疯！你知道为什么这次我会带你来吗？”

说实话，我并不知道他为什么带我来这里。

“我们都理解错了。这里不是不死不灭，这里是死而复生。”

“你这话是什么意思？”

“你看这个。”

楚乔将自己的手机递过来，上面是一张照片加一个新闻标题：登山途中遭遇泥石流，十余名驴友丧生山间。

他指着新闻配图的左下角：“看这里，你熟不熟悉？”

那是一张现场图，担架上一个遇难者的鞋子露了出来。

我低头一看，和我脚上穿的这双登山鞋一模一样。这是朋友从国外给我带回来的，很难撞款。

“你的意思是？”

楚乔沉默地点了点头。

这时我才想起来，早上上山时，在山上看到的那截被泥土掩埋的背包带，和楚乔背包的款式相同。

“你看，我们不都出去了吗？这个地方有它的神奇之处。只要你有坚定的信念，就可以实现，只要你想要活着出去，就会活着出去。

“月月，你想不想吃蛋糕？”

说着，楚乔将手放进背包中翻找，不多时竟翻出了一块精美的蛋糕。我们来之前绝对没有带这样的东西。

我不禁想到，此时，云雾山的某处，有一个楚乔正被掩埋在泥土里，与昆虫做伴。

一想到这里，我浑身发冷。如果我认为自己能出去就能出去的话，那某一时刻，我认为自己无法离开了呢？

三道黑影此时正在快速靠近草屋，还没等我想清楚这些事，他们就已经翻窗进来了。

屋内白光一闪。

面前的楚乔被一把锋利的工兵铲砍到了脖颈处，他看着面前的人，发出不可置信的咯咯声。

鲜血喷洒了我一脸。

同时，我的后脑勺传来一阵剧痛。倒下前看见的最后一幕，是那张和我一模一样的脸。

◀18▶

等我再次恢复意识时，我已经出现在了村口。楚乔正扶着虚弱的月月。

“你身体怎么样？不要勉强自己，如果累了的话就慢慢走。”

月月点点头，露出熟悉的温柔笑容。

天边泛起鱼肚白。

“快走吧，天快亮了，正好赶路。”

小海一边拿着地图在前面带路，一边拿着压缩饼干吃得开心。他这次做向导赚了足足七千块钱，可以负担家里人好长一段时间的生活开销了。

“救救我，救……”

身后一座破旧的草屋中，传来一丝若有若无的声音。

月月率先回头：“哎，什么声音？”

我走过去扶住她的肩膀，催促她继续赶路。

“没什么，只是风吹树叶的声音。”

“是啊，林间风大嘛。”

林间刚刚下过雨，路还有些泥泞。

路过村口的两个小土包时，我有些不自然地看了楚乔一眼。他神色自若、面带笑容地看着我。

“阿鹊，发什么呆呢。”

## 后记

回家后，随着时间的流逝，我对雨峰山的记忆逐渐淡去。只记得月月在一次户外活动中走失，几个月后才获救，她的这次遭遇成了一则不大不小的社会新闻。

而我的生活依旧平淡，平常还是研究民俗，进行一些田野调查。

只是照镜子的时候，看着自己的脸会感觉有些不自然，总感觉好像遗忘了什么重要的东西。

一天深夜，手机突然响起。屏幕上显示的是“未知来电”。

接起后，先是一阵电流声，随后，一个很熟悉的声音响起。

“阿鹊，我来找你了。”

电话挂断后，我看着没有通话记录的手机，感慨自己最近真的是太累了，都出现幻觉了。

正巧，新闻软件推送了一条消息：“云雾山挖掘出村落遗迹。”

现场照片里，人群中有一张侧脸非常熟悉。

此时我才想起来，刚刚话筒里传来的是我自己的声音。

原来，又有人从雨峰山下来了。

END

评论列表

**楼主评论：最后的结局是什么意思？**

**网友回复：**

（扫码参与互动讨论）

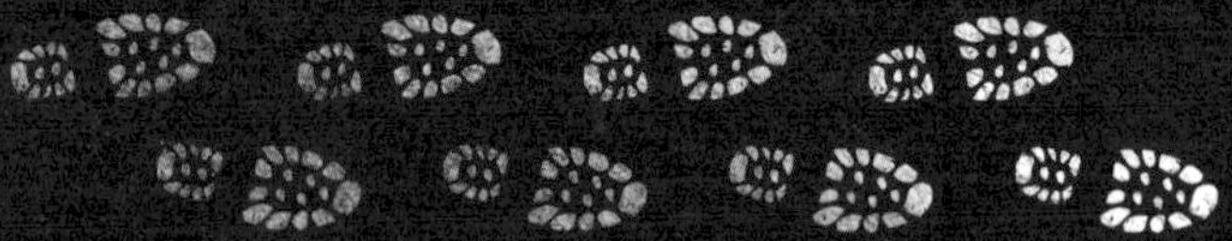

# 择日而亡

曾经救我命的
那句话，
竟是一句预言。

## Chapter 03

作者：核融炉

# 择目而亡

Chapter 03

作者：核融炉

加好友　写留言　　点击：xxxx　　回复：xx

▶**楼主发帖：**你们目睹过凶案现场吗？

19 岁那年，我目击了一场杀人案，凶手发现了我，准备杀我灭口。

濒死时，我说了一句话，让我免于死亡。

许多年后凶手落网，记者们如见血的鲨鱼般追踪我的下落，那一刻我才突然意识到：

曾经救我命的那句话，竟是一句预言。

◂1▸

连环杀人犯陈岭落网后，反应极为平静，他向警方一一供述了他“还记得住”的罪行。换言之，也有不少记不住了。

丧心病狂、丧尽天良都不足以形容其所作所为。

据他所说，只要时间地点“合适”，并且起了杀心，他就一定会下手，只有一次例外。

1998 年的除夕夜，他放过了一个女孩，当时那女孩年仅 19 岁，如今 18 年过去了，那女孩也年近中年。

供述到这里，陈岭意识到十几次丧心病狂中的一次“良心发现”并不会影响他被判处死刑，于是不再多言，随便说了几句“那天是过年”“忽然不想杀了”，搪塞了过去。

陈岭被执行死刑后，有关其唯一一次“良心发现”的传言甚嚣尘上。一切猜测指向了某地方的一个美院老师，贺芝。

各路媒体记者闻风而动。

显然，像陈岭那样的变态杀人魔，不可能因为“那天是过年”“忽然不想杀了”而放过一个极有可能向大众揭露自己罪行的人。

一定另有隐情。

2

我是贺芝，一个没名气的画家，供职于一所地方美院，日常就是教书、画画，偶尔举办个人展。

我性格孤僻，心理敏感脆弱，被精神问题持久困扰，尤其惧怕受人关注。

可连环杀人犯陈岭的“良心发现”却令我名声大噪。

他放过我的真正原因，只有我和他两人知道。

1998 年，那个惊心动魄的除夕夜，他的手攥住我的脖颈时，我拼尽全力说了一句话，他便放了我。

我死里逃生。

3

“请你告诉我，当时到底发生了什么？”

所有记者中，纠缠我最凶最久的那一位叫陆泽铭。

“那是可怕的经历，我不想再去回忆。”

陆泽铭纠缠了我一个多月，我无数次拒绝了他。他是那种不达目的誓不罢休的小报记者，仿佛已经把这次访谈当作了人生追求。

“贺老师，只要你告诉我答案，让我做什么都可以！”

面对他的执着，我不能说没有感动，但我并非不愿而是根本不敢提起那天的故事——

我担心一旦提起往事，事态就会无法控制。

直到那一天，助理打来电话：“今天陆记者看了你的展……”

我怔怔地听助理说完，无声地笑了笑。

原来如此，原来如此。

4

“咚咚咚。”

正巧，陆泽铭敲响了画室的门。

他进门，尚未开口，我已表现出欢迎的态度。

“我决定接受你的采访了。”

陆泽铭很诧异，一时手足无措。

我深吸一口气，向他坦言：“那一年除夕，我死里逃生。陈岭的手攥住我的脖颈时，我说了一句话，一句预言，然后他就放了我。

“当时我也没觉得那是预言，是直到 18 年后的现在才意识到的。我忽然意识到，那是一语成谶的时候。”我艰难地说。

“从头开始，慢慢说吧。”我叹了口气，拿起水壶倒了两杯水，“请喝水。”

他很谨慎，看到我先喝了他才喝。

访谈正式开始，陆泽铭简要介绍了陈岭的情况。

“连环杀人犯陈岭，十几年来作案不下十余起，受害者均为女性，第一次犯案可以追溯到上个世纪八十年代，均为无差别杀人。

“陈岭落网后，他供述的具体细节警方自然是不便透露出来的。直到死刑执行过后，才有关于其‘良心发现’的传言传出，也就牵扯到了贺老师你身上。”

“是的。”

“据陈岭所说，他是因为‘那天是过年’‘忽然不想杀了’而放了你，这显然是不可能的。”

“为什么？”

“我们调查过陈岭的童年经历，他父亲早亡，童年都和母亲相依为命。后来他和母亲双双被歹人绑架，母亲的娘家穷困出不起钱，他母亲就被撕票了。他很小就孤身一人，远赴外省打工。变态杀人魔，往往都会有这样悲惨的家庭背景。”

我回想了一番：“这个事情，陈岭好像也和我讲过。”

陆泽铭追问：“他和你讲过？所以他是把你当自己人了，还是你们原本就认识？”

“不认识，也不是自己人。他是无差别杀人，我们是偶遇。”我又一次澄清，“我不是他的共犯，我没做过坏事。”

我切回正题：“所以你讲他的童年经历，是想说明什么？”

“说明他没有家。没有家，也就没有过年一说。过年和家庭的关系是很密切的，过年时他看着别人阖家欢乐，说不定还会更加愤怒，更加极端。所以‘那天是过年’

这个原因对他来说，显得太‘正常’了，反而就不正常了。”

我表示同意：“我明白。‘没有家，也就没有过年一说’，这点我确实深有感触，我是孤儿，出生就被抛弃的那种，也没有家。”

陆泽铭连忙道歉，气氛一时有些凝重。

他环顾四周，转移话题：“我看了你的展。”

“不必客套，我虽然神经质，但也知道自己几斤几两。我是个没什么天赋的人，只有出道作品是画得最好的，出道即巅峰。”

“但我很喜欢。我通过你的作品，想到了我妈妈……”陆泽铭说，“所以我来找你，不仅仅是因为陈岭那件事，也有个人私心。”

我问：“是那幅《女神》？”

“你怎么知道？”

“《女神》就是我的出道作品，也是我最好的作品。唯有极致的激情能让我画出好画，也唯有《女神》是在这样的状态下完成的，随后十几年我画出的都是平庸之作。

“当年《女神》惊艳了画坛，很多人想买这幅画，说《女神》让他们感受到了炽烈的爱情。”

陆泽铭皱眉道：“爱情？”

“是的。画中的女人面朝画框外的世界，悲伤却含情的眼波流转，仰视着你，向你伸手，表达对你的渴求。

很多人都说画中的女人能激发人的保护欲，是最完美的爱人。不过看起来，你似乎有不同的感受。”

“不，不是爱情，是亲情。”陆泽铭笃定地说，“那幅画画的不是爱人，而是母亲；不是热烈地仰视，而是怜爱地俯视；手不是向上伸出，而是向下垂落；不是渴求，不是渴望被保护，而是奉献，是想施予保护。”

我感到心脏怦怦直跳，越跳越快，我继续追问：“这么看来，你的感受完全相反。相当于别人是把画中的女人压在身下看，你是举在头顶看，也就有了画中女人是仰视还是俯视的区别。那么你为什么会有完全相反的感受？”

陆泽铭低声说：“我不可能把画中的女人看作爱人，因为那张脸和我失散多年的母亲非常像。有极大可能，你画的就是我母亲。”

“你的母亲？难以置信，会有这么巧吗？”

陆泽铭沉吟片刻：“我也不能完全确定……我想知道你这幅画的模特在哪里，以及我能买下这幅画吗？”

我说：“那你先说说你的故事吧。”

陆泽铭：……

“交易是平等的，你想从我这里了解陈岭，我也得从你那里了解你母亲。”

陆泽铭冷静下来：“这就是你决定接受我采访的原因？”

“不全是。”

“你知道我今天去看了你的展？”

“刚知道。晚上来画室时，我的助理打电话给我，讲到了你。你看展时说那幅画像你的母亲，想买下它。说女神是母亲的，你是头一个。”

陆泽铭连忙说：“我是真的想买下这幅画。”

我有我的坚持：“那么请开始说吧，你的故事——”

5

陆记者说出了他的故事。

“我出生在上个世纪九十年代初，那是我 5 岁时的事了，却是我多年的心结。我父母原本都是工人，家庭虽然不算富裕，但也很幸福。

“后来父母双双失去了工作。家里一时断了所有的生活来源，日子过得非常困难，印象中搬了好几次家，住的地方越来越小、越来越阴暗。

“家里穷困得揭不开锅，母亲就出去摆摊卖烧饼挣钱，结果摊子被人砸了；父亲想跟着同乡出国打工，结果被人骗光了路费。

“父母每天都要去菜市场捡菜皮、碎肉，去晚了捡不到，因为当时抢菜皮的下岗工人家庭非常多。每天一家人围着空桌子喝稀米汤是常态，家里永远能听见父母的唉声叹气。

“我年纪小，也想帮家里减轻负担，就跟着别人去河里摸鱼，结果因为太饿了低血糖，脑子一晕眼前一花就一头栽进了河里，差点淹死。被救上来后，我得了溺水性肺炎，家庭状况雪上加霜……”

陆泽铭说不下去了，眼中有泪光闪烁。

说到底，他现在也只有二十来岁，如果不是悲惨的童年使然，不至于养成这么偏执的性格。

我比他年长许多，却也不好多加评价，只能说：“我能理解，我也经历过那个年代。后来呢？”

“后来，有人想娶我妈妈。”陆泽铭艰涩地说。

“为了 500 块钱，我爸就让我妈跟着那人走了，那人保证会一辈子对妈妈好。

“这是我 5 岁时候的事，年纪太小了，很多细节都忘了，但是妈妈上火车时回头看我那一幕，我永远忘不了。

“隔着人山人海，她就是用那样怜爱的、悲戚的眼神，远远凝望着我，向我伸出手——就像你画的那样——可又断然放下了，扭头消失在了黑洞洞的火车中。

“我大哭着喊‘妈妈’，被我爸死死拉住，不让追。那列火车就这样开走了，再也没有回来。

“小时候我很怨恨妈妈，不明白妈妈为什么不要我，长大了才明白了。后来没几年，我爸打工太拼命，生病死了。

“所以你说你是孤儿，其实我也是，区别可能就在于我曾经拥有过父爱母爱。拥有过就会有念想，这很痛苦。”

我说：“失去和从未得到是两种痛苦。我确实对从未得到的东西理解力不够，但我也会憧憬母爱。后来呢？”

陆泽铭继续讲述：“我15岁的时候，就有当记者的潜质了，写文章很好。我在我们当地的报纸上写文章，还连载过一部小说。我拼命地写，没日没夜地写，靠写文章赚了五百多块。经过多方打听，我终于找到了当年带走我妈妈的人，我想把妈妈接回来。”

“那人拿着我的500块钱，拉着我吃肉、喝酒、到处乱逛，就是不说。花光了最后一块钱，他才告诉我，他带走妈妈一年后，妈妈就走了，至今不知所终。”

说到这里，陆泽铭落下泪来。

我叹了一口气：“我懂了。所以我画出了那幅画，所有人看到的都是热情炽烈的爱人，只有你看见的是母亲。你别哭，喝点水。”

陆泽铭落寞道：“从此我就再也没有见过妈妈，是不是挺可悲的？”

我说：“十几年了，我都庸庸碌碌，就《女神》这一幅好作品，我也挺可悲的。”

陆泽铭：“每个人对可悲的定义不一样。我真心希望家庭圆满，希望妈妈不要受那种苦，希望爸爸不要生病，可是时间无法倒流，即便倒流，也没有更好的办法。算了，我不想再回忆过去了。”

我说：“我家庭也不圆满，但对我来说远算不上可悲。我只觉得我的职业生涯一塌糊涂，这很可悲。”

他反过来安慰我：“不是每个画家都能成为名家，画出让自己满意的作品也就行了。”

我点点头：“是啊，我也不追求成名，我就是想再画一幅像《女神》那样让我自己满意的作品，作为我职业生涯的终结。不，应该是画出来的那一刻，职业生涯就结束了。我一直想给《女神》画续篇，但始终难以下笔。”

陆泽铭大惑不解：“你还不满 40 岁，为什么职业生涯要结束？你生病了吗？”

“没有。总而言之，一个画家，只在职业生涯的一头一尾才有好作品，这听起来真可悲。但是我没办法，我的‘圆满’最多只能这样。”

“我不太理解。”

我自顾自地说：“我想画《女神》的续作，就是想画出女神眼中所看到的景象，或者看到的人。所有人都说我画中的女神在看爱人——既然他们认为女神是爱人，那女神在看的自然也是爱人。

“但我下不了笔，总觉得哪里不对。所以我一直在等待一个真正理解的人来为我指点迷津。很幸运，我等到了你。之前一直拒绝你采访，是我有眼无珠。”

陆泽铭问："那么你为什么相信我的理解就是正确的？"

"起码，我和你看画的角度是一样的。"我低声说，"当年这幅画的模特，我是仰视着看到她的。

陆泽铭仍然不解。

"就是字面意义上的仰视。她在上面，我在下面，而非其他人所认为的女神在下。这就又回到访谈的正题上了，'杀人魔陈岭'。"

"这幅画，和陈岭有关系吗？"

"嗯，如果你仔细看，会发现这幅画的左下角注明了创作时间，和我遇到陈岭是同一年，1998 年。其实就是那年过年时候发生的事。"

陆泽铭垂下眼睛："我已经有了不好的预感。"

"怎么说？"

"陈岭供述过，他杀害的人有不少是从事特殊职业的女人，从事这种买卖的人，通常不会有人关心其死活，不会有人打听其下落，受害者往往就死不见尸、无从考证了……"

说到这里，陆泽铭目光闪烁，声音发抖。

我安慰他："虽然我想代入你母亲的故事来丰富我这幅画，可现实中我遇见的不一定就是你母亲啊。你也知道，那个年代生活不易，到处都很乱，有很多失足妇女。"

"好吧，我们还是回到访谈的主题。你请说吧，你遭遇陈岭后到底发生了什么？"

◀6▶

我说出了我的故事。

之前我已经说过，我是孤儿，刚出生就被抛弃的那种。

宏观来看这很正常，可是落在个人身上，就是悲剧的开始。

我从小身体不好，身体不好就连带精神也不好，进一步又会影响身体，简直就是一种恶性循环。再加上大环境那么糟糕，我能活下来已经算是福大命大了。

童年各种遭遇不讲也罢，我主要是想说明，我从小心理就不太健康，思考问题的方式也和别人不太一样。但我没有做过坏事。

我唯一的念想就是画画。画画可以让我暂时脱离现实，所以不打工的时候我都在画。我没什么天赋，只靠后天练习，水平还行，但没有灵气。

当时我联系上一个美院老师，他说如果我能画出打动他的作品，他可以不收学费让我进美院读书。

他这么说，其实也是一种委婉的拒绝。

后来我遇到一个小卖铺的老板娘，对我真的很好。她让我帮她看店，付我工资，看店的时候我都可以画画。

有一年过年，她们夫妻俩要回老家，见我孤零零一个人，问我要不要和他们一起回去过年，我婉拒了。她就让我过年住到她家去，可以住得舒服一点。

她家是楼房，条件比较好，装了座机电话的那种，那时候装座机电话是很贵的。

事情就发生在那一年过年的时候。

1998 年除夕夜，我一个人在小卖铺老板娘的家里看晚会。我完全无法被欢歌笑语的气氛感染，于是又支起画板想画画，可也毫无头绪，瞪着空白画纸，迟迟不能下笔。

临近午夜零点，电视上进入了喜气洋洋的倒计时阶段，十、九、八……

新的一年即将开始，或许一切会向好处发展。我看见阳台外下雪了，心情多少有些起色，于是裹了棉袄走到阳台，伸手去接飘扬的雪花。

从这个伸手出去接的动作开始，一切就脱轨了。

雪白的，一片，两片。

黑色的，一滴，两滴……

我困惑地看着手心黏稠的暗色液体，凑近闻了闻，甜，腥。

是血。

然后我就像根生了锈、不灵敏的发条，僵直着脖颈，缓缓向上转动。整个身体全部仰靠在铁栏杆上，我瞪大双眼朝楼上那户看去。

这一刻，电视里的倒计时数到“一”，“过年好！”

四面八方爆发出隆隆的响声，近处有人噼里啪啦放起鞭炮，一枚烟花迸射至中空，猝然绽放，瞬时的亮光让我看得更清楚——

我楼上那一户，一个女人的半个身子都伸出了阳台栏杆的外沿——她向下，我向上，那张悲伤的、刚刚死去的脸正好与我正面相对。

她就这么头朝下挂在那儿，看着我，一条手臂伸下来，了无生气地垂落着，伸向我。

血蜿蜒流过她的手臂，像冬日行将枯竭的溪流，迟缓而庄重地往下淌，淌到指尖滴落。

我精神压抑了太久了，这一刻一切感受都到达了顶点。我再也无法忍受，放声尖叫。

声音淹没在了鞭炮的巨响中，但楼上的人似乎有所察觉。

几乎在我尖叫的下一秒，那只滴血的手就被迅速收进了阳台。有人将那只手的主人往上拖，拖回去了。

而理所当然的，很快那个人就会探出头往下看。

即便是生了锈、不灵敏的发条，拧紧了也能蓄积出极大的势能——我霎时停止了尖叫，如兔子一般快速冲进屋内。

迅速关灯关电视，脚步放轻如猫走屋檐，快而安静。

做完这一切，我蜷缩在沙发边，浸入黑暗中，死死盯着房门。

这栋楼有 6 层，每层 8 户。我在第三层，302，楼上是第四层，402。

跨年的烟火鞭炮声会影响他的判断，凶手有可能不知道尖叫声是从哪层楼发出的，不知道是从哪一户发出的。如果他下楼查看，发现这里没亮灯，他有可能会认定下方的 302 室家中无人，从而排除该选项。

楼道里的灯亮了，微弱的光透过下面的门缝，丝丝渗透，却有两处被遮挡。

一双脚停在了我的门口。那个人站定了很久，没有任何动作，可能是在听屋里的动静。

足有一分钟，敲门声响起了，不紧不慢的，“咚，咚，咚”，隔几秒敲三下。

“有人在家吗？”

“东西掉你家阳台了，有人在家吗？”

一个男人的声音，似笑非笑。

“笃笃笃，笃笃笃”，敲门声越来越急，击打着我的耳膜，也击打着我脆弱的神经。

我屏住呼吸。门外的男人敲了一分钟后，提脚离开了。

这时候我松了一口气，本应该立即起身去报警——刚刚我说过，这个家里是有电话的。

可我竟然没有报警。我在原地发了一会儿呆，好像就对凶手选择性失忆了。我非常害怕，同时也非常兴奋，我满脑子都是那具女尸半个身子垂下来俯视着我的样子。

她的死深深印刻在我的脑海，让我的灵魂受到极大震撼。

我太想把她画下来了。

于是我就坐到画板前，直接在黑暗中，借着外面烟花忽明忽暗的光亮开始画。

大约一个小时后，我听见有金属碰撞的声音，以及重物落地声。我才猛然反应过来，凶手在阳台！

阳台是没有封的，只有镂空的栏杆，阳台到室内的门也没有锁。

楼上的男人就这样跳到了我的阳台，随后走到了客厅。

公寓太小，我做不了任何抗争。

我像被定住了一般，僵直着坐在那里，感受着森冷的气息步步逼近。

突然间，一只手攥住了我的喉咙。

◀7▶

“然后呢？”陆泽铭急切追问。

我继续讲述：“‘下雪了。’陈岭说，‘栏杆上落了雪，除了你挡住的部分。’他冷笑着，手开始用劲，那种窒息感我至今记忆犹新。”

“我明白了，他从楼上往下看，只有你的阳台栏杆上有一段没有积雪，因为你目击时是半身仰靠在栏杆上的，把那处的雪蹭掉了。”陆泽铭了然道。

“是的，所以他笃定是我，就直接找上门来。”

“然后呢？他掐住了你的脖子，濒死时刻你说了什么？”

“我的脖子快被掐断了，头脑却忽然冷静下来。我说了什么，你想不到吗？”

陆泽铭摇摇头：“想不到，你说那句话是个预言？”

“准确地说，我说了两句，头一句让他松开了我，后一句让他放了我。后一句才是预言。”

“我真的想不到。”

我点点头：“好吧，你之前说，我是清醒的利己主义者，我深以为然。‘利己’这不用说了，关键是‘清醒’。”

“别卖关子了。”

“人不可能凭空利己，任何交易都是对等的，要利己就得利人。比如说这次访谈，我想得到陆记者你的故事，就得让你得到我的故事；同样地，要阻止他人不利我，我就得不利他。陈岭攥住我脖子的那一刻，我就意识到这是一笔关于人命的交易，他想取我性命，我就得让他知道取我性命有代价。”

陆泽铭若有所思道：“可你不是忘了报警吗，他哪儿来的代价？”

我说：“是啊，所以我得想办法弥补这个过失。”

“所以你到底说了什么？”

“看来，你还是没有听明白我的意思。”我无奈道，“现在我以陈岭为例。之前我说过陈岭很聪明，聪明到毫无人性，知道为什么吗？”

“为什么？”

“因为他是更加清醒、聪明、毫无人性的利己主义者，更明白交易的本质。他的童年事迹你也了解过，他曾经和母亲一起被歹人绑架，母亲娘家穷困没什么钱，于是他母亲被撕票了。”

“是的……等等，我好像意识到不对了。既然拿不到钱要撕票，为什么唯独将他母亲撕票，而放了他？”

“这正是问题所在。”我说道，“因为杀他母亲的另有其人。”

“什么？！”

“没钱赎身，歹人不可能就这样将他们放了，没有哪个坏人会相信‘我绝对不会报警’这种空口无凭的保证。所以陈岭为了保全自己的性命，让歹人录下了他的罪证，进行了一场关于人命的交易。双方互相握有对方的把柄——甚至陈岭犯的罪还更严重，歹人这才能相信陈岭绝对不会告发他，而后放走了陈岭。”

陆泽铭瞠目结舌：“……确实、确实是有这样的手段，但我真没想到他能如此冷血，果然是变态杀人魔。那么，难道你也……”

“我没有，当时就我和陈岭两个人，我能杀谁？我只能利用之前的错误，赌一把。”

陆泽铭问：“是指报警吗？”

我点头：“嗯。他攥住我的脖子时，我拼尽全力问他‘我为什么不报警？’，然后我指给他看，不远处就是座机电话。”

陆泽铭皱眉道：“你问他有什么用，难道他能相信你不报警是想包庇他这种鬼话？”

我说：“当然不是。换个角度想，一个人目击杀人现场，暂时安全后不报警，有多大概率是像我这样精神不正常，一心想着把楼上女人的尸体画下来，而忘记报警这回事的？”

“这概率确实很低。”

我点点头．“所以我利用这次错误，向陈岭撒了一个谎——”

“不报警是因为不能报警，是因为我不能和警察有牵连。我告诉他，我是通缉犯，警察正在追捕我。他杀过人，我也一样，我不可能会去报警。我们互相掌握对方的把柄，如此我们都不会供出对方，他也就没必要杀我灭口。杀了我反而更麻烦，因为我已经在警方通缉名单里了，他还暂时安全，没必要和我牵扯上。”

“……原来如此。”陆泽铭仍然不解，“可你这个和陈岭被绑架不同，你是空口无凭，他凭什么就会相信你是通缉犯，只凭你不报警就可以完全相信吗？”

“他确实可以不相信，但不杀我的好处总是多于坏处的。

“看见女尸后，我为了假装家里没人，冲进屋子关了灯，画画时也没开，他闯进来时也蒙了脸，我根本不知道他长什么样。那个年代各种技术侦查手段都不成熟，很多都是靠证人指认。我不知道他长什么样，他就只要把我捆了或者打晕，再跑路就是了。

“但不管怎么说都是冒险的，我确实是赌了一把，还赌对了。他不光放了我，还跟我讲了他以前被绑架的事。给我的感觉就好像是，他对我有一种惺惺相惜的感情。”

陆泽铭的神情有些古怪：“好吧，惺惺相惜……你和陈岭惺惺相惜……”

我说：“是啊，哈哈。”

“我总感觉有点不太对劲。等等，我好像遗漏了什么，让我想想……”陆泽铭的目光游移起来。

“你看起来好像不舒服。”我关切道。

“确实不舒服，差不多半个小时前就有了。”陆泽铭用力闭了闭眼睛。

“什么感觉？”

“身体没力气，头也晕，怎么……”

陆泽铭猛然抬眼，死死瞪着我。

桌上的水杯被打落在地。

8

“只是一些镇静催眠类的药物。”我从旁边拿了一条绳子，“是我的常用药。当然这个剂量我已经耐受了，对你的影响比较大罢了。”

“你想做什么……”陆泽铭努力抑制住困意，撑着桌子缓缓站起，又摔倒在地。

“我来提醒你，你遗漏了什么。”我起身，走到他旁边蹲下，“是预言。”

“‘我是通缉犯’，这是一句预言。跨越近二十年，当年的预言如今即将成真了。”

“为什么……”陆泽铭的眼中满是恐惧。

我将绳子缓缓绕过他的脖颈。

“遭遇陈岭，对常人来说或许是厄运，但对我来说，却是恩赐，是上帝对我这种没有天赋的人的恩赐。”

绳子在颈后交叉，陆泽铭挣扎着想往门口爬。

“他让我明白，我不是真的没有天赋，只是天赋的开关和常人不同。”

绳子开始收紧。

“我最好的作品，即是出道作品《女神》，画的正是那一年除夕，楼上的女人向下垂落的尸体。我带着那幅画去见美院老师，他真的被打动了，他看着那幅画感叹‘是爱情啊’，随后就免了我的学费让我去上课。

“可是我后来再也没能画出好作品。”

绳子收紧，陆泽铭感到灭顶的窒息。

“我不断回忆当年画《女神》时的心理状态，紧张、刺激、亢奋、心外无物。只要让心理状态变成这样，我就能画好画。

“这些年我尝试了很多办法，酗酒、飙车，甚至服用违禁药品，我的精神被放纵摧残得萎靡不堪。可是无论我怎么折腾自己，我都无法达到我想要的那种状态。多年来所有失败的尝试，都在不断向我证明——只有死亡，只有目睹人类的死亡，才可以。”

绳子继续收紧，陆泽铭痛苦地半仰起上半身，向上伸手，渴求某种无形的庇护。

我赞许道：“很好，就是这种姿势，就要这种姿势。请你再维持一会儿。”

“十八年前遇到陈岭行凶，是幸运的，我因此造就了《女神》。人的一生有多大概率会偶遇杀人犯，又有多大概率亲眼见到杀人犯所杀的人？

“可遇而不可求。人不可能总有这种邪门的好运气，一生一次足矣。还想要，就得自己主动争取。这些年，我一直在忍受平庸的痛苦，也一直在克制杀人的欲望。

前者最终还是战胜了后者。陈岭落网了，让我更加意识到我不能再被动等待，不能再仰赖他人相助，我只能自己动手，主动创造人类的死亡。”

绳子深深勒进皮肉。

“我知道一旦动手就意味着沦陷，意味着我职业生涯的终结。但这是圆满的终结，比无望而无谓的存续更有意义。太痛苦了——我怎能接受曾画出《女神》的我，永远平庸下去。我接受不了，这十几年，我就是一具行尸走肉。为了不要杀人，我活活忍受了十几年。

“现在，我终于可以画出《女神》的续篇了，上天把女神的孩子送到了我面前。这一个多月你一直纠缠我，我拒绝了无数次，你都不肯走，原来这是天意啊。我不能，也不应该再忍下去了。直觉告诉我，画中的女神和你，就是母子。你去天上与母亲团聚，这成就了你的圆满；而你的献身，也将成就我的圆满。

“皆大欢喜。”

9

“以上，就是我要供述的全部内容。”我平静地说。

一个小时前，警察来到这间位于美院西楼的偏僻画室，看到了一个人、一具尸体和两幅画。

一幅是《女神》，现更名为《母》。另一幅是《子》。

《母》中描绘的是一个母亲垂下身体，怜爱地向下伸手，想施予保护；《子》中描绘的是一个孩子摔倒了，半仰起上半身向上伸手，渴求母亲的保护。

人物造型均是正面朝向画框之外。两幅画的观赏方式是正面相对，母在上，子在下，因此画中二人直直看向前的眼睛，终于有了焦点。

它们都完整了。

“这两幅画，有什么故事吗？”警察发问。

“母亲坐上离家的火车，从窗口探下身子，伸手向下，想最后抚慰一下她的孩子；孩子追赶火车，却摔倒在地，只能向着母亲离去的方向徒劳伸手去挽留。”

“是陆记者的故事。”警察说，“好了，走吧。”

警方准备押我回公安局。

走到门口，警察似乎仍有不甘，又问：“所以他们是不是真的母子？”

我说：“目前我只能不负责任地通过直觉认为他们是母子。但是，我确实也希望能有个科学的论断，也就是得到 DNA 检验的证实，这样才算圆满。这就需要警察同志的帮忙了。”

警察摇头：“做不了。你所说的那个除夕夜死去的女人，死不见尸，无从考证，我甚至认为那是你的臆想。”

“她当然是真实存在的。”我加重语气说，“那一夜在阳台上，我向外伸出手，想接雪花，不承想，她滴落了两滴血在我的掌心。这是故事的开始，也应当是故事的结尾。

“那两滴血就在我的画上，麻烦警官拿去验吧。”

END

---

本文选自知乎白金盐选创作者核融炉作品集《谋杀前夜》（北京宏泰恒信文化传播有限公司策划出品/江苏凤凰文艺出版社2025年5月版），已获得授权。



评论列表

楼主评论：陈岭真的是因为那句预言才放走“我”的吗？

网友回复：

（扫码参与互动讨论）

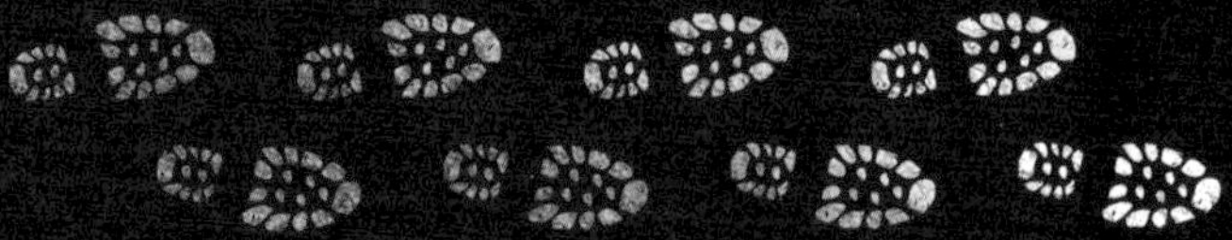

# Chapter 04

作者：陆雾

# 今夜我暴富

Chapter 04

作者：陆雾

加好友　写留言　　点击：xxxx　回复：xx

▶**楼主发帖：**求助，中了百万彩票我需要注意些什么？

◀1▶

这就要命地尴尬了。

我说的要命，不是夸张意义上，而是客观上真的会要我的命。

我中了彩票，金额八百万，扣除税后，到手应该有六百万，但这事不只我一个人知道。得到消息时，我同事赵海就在我旁边，他看我的眼神可不对劲了。

整件事还要从头说起。

周四晚上，我照例又加班到八点，打卡出了公司，正好碰到室友赵海。我们是同期入职公司的，但没分在一个部门，都是应届生，手头紧，就合租了一套三室两厅。

赵海这人话不多，看起来挺老实的。他家境比我差一点，长相也不如我潇洒，戴着副眼镜，看起来唯唯诺诺的样子。我和他关系不错，也有想让他衬托我的意思。

既然碰上了，我们又都有点饿，就打算顺路去公司附近的小饭馆一起吃点宵夜。我正巧刚挨过领导的骂，就叫了一瓶啤酒。因为已经是深夜了，店里没什么人，老板也会做生意，就给我们调到了包厢。

包厢位于走廊的尽头，门一关，很安静，我酒精上头，边吃边痛骂起领导来：“这破公司我是一天都不想再来了，等我发财了，一定立刻就辞职。不对，我要先把报告甩主管脸上再辞职。什么东西啊，说我写的东西是垃圾，我看他才是。要不是为了年终奖，我早就辞职了！”

赵海道：“辞职的话，你这周已经说了四次了。”

“这次我是认真的，我觉得我很快要发财了。偷偷告诉你，我一直在买彩票，之前中过五十块的，过年去祈福，算命的也说我今年要发财。”

“嗯嗯，好的，你喝多了，我们快回去吧，明天还要上班。”赵海看了眼时间，又道，“已经快十点了，你再不走，我就先回去了。”

经他这么一提醒，我倒想起来了，彩票是晚上九点二十五分开奖，不提时间的话我还真忘了看今天的中奖号码。

随便拿起手机一查，一等奖是 2700 万，一看就没我的份。

我叹了口气，往下看去，二等奖的数字倒是很眼熟，18……07……05……29……12，二等奖的规则是 5+1，我全中了，奖金是八百六十三万五千元！

赵海看出我脸色不对，半开玩笑道：“怎么，你中奖了？这次中了多少，超过一百块的话记得请我吃饭，不然我把这件事在公司群里发一遍。”

我急忙道：“哈哈，没中，哪儿有这么容易的事情，还是安心上班，不做梦了。”我刚要准备起身买单，却觉得眼前一黑，整个人就朝前栽倒了。

赵海好像叫了我两声，可我根本说不出话了，嘴唇也在打哆嗦，搞不好是心脏病犯了。以前听到那种中彩票太激动突发心脏病的新闻我都觉得好笑，没想到现在轮到我自己了。

我用尽最后的力气抓着赵海的衣服，对他说：“我估计要不行了，你把彩票给我爸妈，让他们立刻去领奖，彩票就放在我枕头的……”

◂2▸

再醒来时，我还躺在地上，而赵海则在旁边吃米粉。我们还在包厢里。

赵海看我醒了也没说什么，只是说“你喝点热水吧。”

我还没缓过劲来，问道：“你怎么没给我做心肺复苏？”

“心肺复苏不能乱按的，要是按断你的肋骨就不好了，住院只会更麻烦。”

“那你怎么不给我叫救护车？”

“你又没什么大事，又不是心脏病。”赵海一脸的莫名其妙，“你只是低血糖，熬夜太久，又一下子起身太猛，回去早点休息就好了，没必要叫救护车。”

人的心态就是这样多变。原本我觉得赵海处变不惊，是个能成大事的人，和他相处也比较简单，不用担心他背着我乱说话。可现在我只觉得他冷血，完全不管我的死活，搞不好刚才是存心要我死，好独吞我的彩票。

一旦起了疑心，还真让我想起一件事来。

我在大学谈了几次恋爱都没有着落，空窗了一年，就有点心痒难耐。公司的女职员很多，但漂亮又单身的就很少了，我唯一看得入眼的就是财务江安安。

公司不允许内部谈恋爱，所以我约江安安吃饭时，都会顺便叫上赵海，用的借口是三个人拼套餐比较便宜，他们也都没说什么。

我自认嘴甜又讨喜，很轻易就和江安安混熟了。

她有一次偷偷和我说：“赵海这个人吧，挺奇怪的，不爱说话，很阴沉，反正我是受不了他，一待在他身边就不自在。”

我笑着反问道：“那你和我一起的时候自在不自在呢？”

江安安笑笑，没有正面回应我，毕竟她脸皮薄害羞嘛，我也理解。不料，她接着补上一句：“他这个人看起来简直像个杀人犯。”

其实赵海也曾当着我的面抱怨过江安安，说她脾气不好，很娇气，要是我和她谈恋爱，以后有的是日子要受罪。

那时候我对江安安的话没当真，可有一次闲着没事确实去搜过，赵海的老家的确出过不少大案，有上千万的诈骗案，还有杀人案。

十年前有个杀人犯因为一点琐事，持刀捅死三个人，当然被判处了死刑，杀人犯的照片也在网上有流传，浓眉大眼的，确实跟赵海有些像，按年龄推算，也确实可以当他爸爸。

甚至连姓氏都是一样的，当年的凶手叫赵某。不过赵本来就是大姓，所以我之前没怀疑过他，只当是巧合。现在却是越想越觉得诡异。赵海平时喜怒不形于色，就是罪犯具备的良好心理素质，他的少言寡语，与罪犯一般心理压抑相符，而暴力这样的行为，往往都是遗传的。

我还想起一件事，赵海是有护照的，平时却没看他有多喜欢旅游。如果他真的杀了我，又拿走彩票，然后用我的手机请一天的假，再算上周末，三天的时间足够他逃出去了。

我越想越胆战心惊，决定不再自己吓自己。

算了，只要能出去就行，大不了以后避着他。先熬过今晚，不行就通宵，明天请假去兑彩票，然后搬出去，就不用再和赵海打交道了。

关键是现在还不能撕破脸，以免激怒他。

“哈哈，让你陪我喝酒到这么晚，真是不好意思，今天我买单吧。”我伸手去转门把，却一时按不下去，用力踹了几脚，门也是纹丝不动。

“忘了告诉你，真不巧，门坏了。”赵海平静地坐在位子说道，“不过没事，老板说已经找人去修门了，应该很快就好，到时候让他免单吧。”

赵海打开包，从里面掏出一把美工刀来。

3

我顿时吓得冷汗直流。

赵海还若无其事地招呼我，道：“反正你闲着也是闲着，过来帮个忙吧。”他说着又从包里拿出一沓纸，“你也不是第一次看我做这种事了吧。”

放在平时，这确实不是什么大事。赵海一直会偷偷从公司的打印间拿 A4 纸，其实他也想不到这些白纸有什么用处，但是公司也不太给加班费，所以拿了也算出气。但是 A4 纸太大，一般写便条用不了这么多，赵海就会用美工刀对半裁开。

我确实不是第一次看他这样做，以前还偷偷笑话过他穷酸。不过有免费的白纸也是赚了，所以我确实也帮忙裁过几次纸。

此一时彼一时，现在赵海拿着刀在我面前就显得很可疑了，尤其门还坏了，谁知道是不是他故意动手脚，想要趁机在这里结果我，然后回家抢走彩票。

不能先一步露怯，我只能硬着头皮坐到赵海身边，帮他裁纸。刀还是他握在手里的，而我的手在微微发抖。

“对，按住这里不要动。”赵海对我说。他握着刀的手很稳，眼看就要朝我的手上划下来，我当时有一种错觉，好像他不是要切纸，而是要捅我的手。

我立刻松开手，站起身说：“老板怎么还没来，我要出去。”我冲到门口，大声叫嚷。但包厢在走廊尽头，外面的人根本听不见我的声音。

赵海道：“你为什么这么着急要出去啊？”他的刀还握在手上。

“我要上厕所啊。”

“没事，我们都是男的，你拿个瓶子就好了。”他一脸无辜，好像真是不明白。

我干脆和他摊牌：“你有没有听到我刚才说什么？”

赵海反问道：“哪一句啊，你骂领导的那些话我不记得了。”

“不是这个，是我刚才昏倒的时候说的话。”

“你那时候都迷迷糊糊的，我听不清。”

“真的吗？不可能。”我冷下脸，逼视着赵海。

赵海叹了口气，也算是让步：“对，我听见了，你中奖了，其实你是担心我拿走你的彩票吧。你想多了，真的，八百万的彩票，去掉税也就六百万，我至于嘛，为了这点钱杀人。”

“我没说你会杀人啊。”

赵海愣了一下，道：“你这脸色吓得和纸一样白，肯定是觉得我会杀你，我就是顺着你的话说下去啊。”

“不对，正常人不会说到杀人，你明明是一直想着杀我，才会脱口而出，你不是说没听清我刚才说什么吗？”

“我是怕你怀疑才这么说的，没想到你真的怀疑我。”赵海的声音陡然拔高，好像也有些急了。

“明明是你很让人怀疑啊，门是不是你故意弄坏的，好在这里杀死我？”

“你有病吧。”赵海白了我一眼，好像我完全是在无理取闹，“虽然你平时是很烦，还喜欢踩着我炫耀自己，但我也不至于为了这点事杀人啊。”

“被你这么一抱怨，犯罪动机更充分了，多少激情杀人不都是从小事开始的。”

赵海叹了一口气，看我的眼神像是在看疯子。他背过身去，彻底不和我说话了。

他这反应确实让我有点愧疚，难道是我反应过度了？

不对，我看一眼时间，已经过去二十分钟了，依旧没人来给我们开门，甚至连老板都没有出现过。

其实从头到尾都是赵海的一面之词，是他说门坏了，也是他说老板已经找人来修，可能门就是赵海弄坏的，老板根本不知道，是赵海在故意拖延时间。

这家店能开到凌晨，还有一个多小时，这段时间里，我和赵海独处，天知道会发生什么危险的事。

但我现在被困在包厢里，外面的人也听不到我的声音，我又没有老板的电话。难道要打电话找朋友来帮忙？可是我的手机里只有同事的号码，谁愿意大半夜为我跑一趟？

灵机一动，我忽然想到，网上是有店铺的电话的，这个号码一般是为了方便客户预约订位用的，肯定能打通。

我立刻拨打，接电话的就是老板本人。他一听也很诧异，道：“啊？门坏了？我不知道啊，我立刻过来看看。”

很快，老板带了一个服务生过来。他们两个在门外拉，我和赵海在里面推，总算强行把门打开了。

老板也过意不去，连声道："真不好意思，要不是你打电话，我还真不知道出了这种事。"

我立刻回头看向赵海，质问道："你刚才不是说老板知道吗？还说老板去找人修门？为什么要骗我？"

"因为刚才和我说去修门的是另一个人啊，我以为是老板，可能是这里的小工，我又不记得老板的声音。"赵海还是神色如常，"你要是不相信，我去把那人找来好了。"

赵海一脸不耐烦的样子，好像问心无愧。我也懒得追问他，只是说道："你先等我一下，我去一下洗手间。"

洗手间在走廊尽头，我当然不会过去。我跑出了赵海的视线，就立刻从饭馆的后门跑了出去。

对，就是这样，我要甩开赵海，先回家拿走彩票，然后今晚在外面住，明天一早就去领奖。

但我忘了一件事，饭馆的后门一般都有垃圾桶，厨余垃圾都很油腻，所以地上少不了有许多油渍。我一脚踩了上去，直接摔了个人仰马翻。

再起身时，我的脚崴了。

我也顾不上这个，一瘸一拐就往前走。

但赵海很轻易就追了上来，拍拍我的肩膀说："你真的有病吧，干吗一个人走。要逃单啊？不是中彩票了嘛，那你买单啊。”

我说不出话来，因为赵海平时都有些驼背，所以我一直觉得他是个畏畏缩缩的人。但此刻他在夜色中站直了，我觉得他异常高大。

现在是深夜，路上一个人也没有，这又是条小路，周围没有监控，倒是不远处有一条景观河。

实在是个杀人抛尸的绝佳场所。

4

不能坐以待毙，我立刻道：“我不是逃单，是去叫出租车。现在太晚了，我请你坐车回去，已经有司机接单了。”

手机还在衣兜里，我当然没来得及叫车。只是这样一来，就算有目击证人了，赵海要是真的对我有歹念，也不敢轻易下手。

但我掏出手机一看傻眼了，手机碎屏了，触屏一大半都不能按，我根本打不开打车软件。估计是刚才那一下，我摔太重了。

赵海也看到了我手机上的裂痕，翻了个白眼：“算了，还是我来叫车吧。”

其实我有点信不过他，但好在出租车没几分钟就到了。

坐在车上，我仔细查看手机的情况，电话不能打，游戏不能玩，竟然只有聊天软件是能用的。我一点开软件，竟然还看到领导发来的工作语音。我都懒得点开，反正不用受这窝囊气了，我直接字正腔圆地回复：“半夜还干活，这么急，赶着去投胎啊！”

我又给江安安发了条语音：“告诉你一个好消息，我彩票中奖了。”

出租车司机听到我说这话，问道：“哟，你运气不错，中多少啊？”

我当然不会说实话，就道：“也不多，就三千块，但也是赚了。”

“中这么多也不错了。要是中大奖了，几百万的那种，反而会把你原来的生活打乱，得不偿失。”

我敷衍了司机两句，这道理我当然懂，所以我不准备让公司的人知道我中大奖。我已经做好两手准备了。

告诉江安安我中奖的消息，主要还是为了说给赵海听，但我没说具体的中奖金额。等明天我再去探探江安安的口风，如果她对我有点意思，我再说实话，不然就直接说自己中了三千。

再过上一月，我就借口说家里有事，辞职走人，带着我的钱远走高飞。

车到家了，我甩开赵海抢先上楼，一瘸一拐的也顾不上了。我要先回卧室拿彩票，捏在手里我才安心。

可到了卧室等我掀开枕头下面一看，竟然是空的。

彩票不见了。

## 5

刚好赵海走到门口，我立刻揪着领子质问他：“彩票？我的彩票呢？你是不是偷了我的彩票？”

赵海也是一头雾水，道：“你先冷静一下，我一直和你在一起，就算要偷彩票，也没有时间。”

“我不信，你肯定叫了同伙。我刚才看你一直在用手机打字，是不是去联系同伙了？”

“你在说什么，我是在处理工作，之前的策划书说要让我紧急改一改。”

“那把你的手机给我看一眼，我不相信你说的话，从你知道我中奖之后，你就一直很奇怪。”

“那是你疑神疑鬼，不要以为中了奖，所有人就都要你的钱。才几百万啊，你知不知道我老家出过一起两千万的诈骗案，多大点事啊。”赵海也像是真生气了，对我吼了两声。

“那你把手机给我看一眼啊。”

“你有病吧，里面都是个人隐私，有我和女朋友的聊天记录，凭什么给你看。你冷静一点啊。”

我想尽量冷静下来，但愤怒夹杂着不安，一浪一浪淹没我。

回来的路上，我已经想好这笔奖金该怎么用了。六百万，我可以买一套三百万的房子，剩下的三百万放在银行吃利息。反正工作是肯定要辞掉的，多出来的钱，我还可以去环游世界。如果彩票真的不见了，那失去的痛苦远远超过得到的幸福。

“给我看你的手机，要是你没问题，我就去报警。”我揪着赵海的领子，几乎快要哭出来了。

赵海也有些无奈道：“好了，我知道了，我手机在这里没信号。我们出去说话，客厅信号好一点。”

一出卧室，赵海立刻变了脸色，关上卧室的门，又用钥匙反锁。

“快点跟我走。”他凑在我耳边轻轻说道，“你床底下有人，我刚才看到那个人的脚了。”

被他这么一吓，我还当真清醒过来了。

我说为什么刚进来时觉得怪怪的，原来是出租屋里的布置变了。原本放在门口的垃圾桶，不知为什么就移到走廊上。估计是家里遭贼了，小偷摸黑溜进来，一脚踢翻了垃圾桶，又匆忙扶了起来。

我立刻说道：“我的彩票肯定是他偷的。现在我们不能走，万一他趁我们不在的时候逃了，我的彩票怎么办？他肯定听到我们的对话了，知道我的彩票中了大奖。”

“真是要钱不要命。”赵海道，“我们还是先走吧。”

“你别紧张，我房间里就一个人，我们两个大男人联手不会有事的。先用电话报警，然后我们想想办法，看能不能把他引出来，把彩票拿回来。”

赵海白了我一眼：“我们还是先逃吧，出去了再报警，这里不安全。你不走，那我走了。”

他这么着急要出门，反而让我起了疑心。说是房间里有人，可是我又没看见，而且卧室的房门已经从外面锁上了，这里是四楼，如果我房间真的有人，那他根本就跑不了。除非从窗口跳出去，那非死也残。小偷又不一定只偷我的房间，说不定也偷了不少他的贵重物品。

赵海也不是什么弱不禁风的人，为什么要表现得这么害怕呢？该不会又是他在骗我？可能我房间里根本就没有其他人，彩票就是赵海伙同别人偷的，他急着要走，就是想逃之夭夭。

被关在包厢的时候我听到的也是他的一面之词，要不是我反应快，说不定现在还没能出来。我已经不会如此轻信赵海了。

一眼瞥见墙边的扫地机器人，我又有了主意。

房间里没有监控，但是扫地机器人上装了个摄像头，平时自动清扫时，扫地机器人的系统会开启摄像头，拍摄房间内的情况。我和赵海的手机上都装有扫地机器人APP，每次的清扫录像也都会传到我们的手机上，但我基本也不看。

算一下时间，今天的清扫是在晚上八点开始的，很有可能拍到了小偷进家的画面。

我拦住要出门的赵海：“你就当自证一下清白吧，要是扫地机器人真的拍到有人进了我的房间，我们再去报警也不迟。不然也可能是你看错了，闹个乌龙报假警就不好了。”

赵海拗不过我，只能打开了扫地机器人APP的录像。

确实在八点二十的时候，一个男人从正门进来了。但他先是直奔卧室，过了一会儿，又从房间里出来，在客厅翻箱倒柜，然后给另一个男人开门。

又过了几分钟，两个男人好像都听到了动静，其中一个趴在窗口看了一眼，立刻蹿进我的房间。而剩下的人就钻进了客厅的柜子里。

我和赵海不约而同地愣住了。

我们转身回头看，柜子就在我们身后，柜门从里面被推开了。

6

一个持刀的男人从柜子里蹿了出来，我的第一反应是跑。门就在我前面，我三步并作两步，一推门就能出去，赵海就跟在我后面。

可是我太紧张了，冲到门外后，下意识就把门带上了，赵海被关在里面，门正好撞到他的头，我甚至都能听到他骂人的声音。

两对一，其中一个人还拿着刀，局势明显对赵海不利，但我也没胆子开门。毕竟我和赵海也没什么特别的交情，同事罢了，我犯不着为他拼命。

生怕那两个男人还追出来，我把门从外面反锁上。

这样也不算是放弃他，更算不上见死不救，我只是想争取时间去报警。我这样宽慰自己，可刚掏出手机，碎裂的屏幕就提醒了我。

忘记了，我的手机摔坏了，根本没办法打电话报警。

我一时也不知道该怎么办，按道理，我应该立刻逃跑，或者大声呼救都行，可一旦吸引到外人的注意，就会引出我彩票中奖的事。

到时候人多事杂，万一有谁趁乱拿走了我的彩票，就更麻烦了。说严重点，我甚至连警察都信不过，要是报警后我上了新闻，那知道我中彩票的人就更多了。

我犹豫不决，就把耳朵贴在门上，听里面的动静。

好像有低低的惨叫声，肯定是赵海挨揍了。紧接着又消停了一阵，是开锁的声音，有人从里面想开门出来。

莫非是赵海已经被杀了？那两个人要出来找我？

我该不该走？可要是让这两个人出来了，我的彩票也就没了。

到底是要八百万还是要命？

忽然，我的手机在口袋里振动，我拿出来一看，是屏幕上的聊天提示，赵海给我发了条消息：“混蛋，你个白痴快进来，动动脑子啊。两个人偷东西，偷走之后难道要扛着走？肯定楼下有个人接应的。”

这时候我才想到，刚才回来的时候，楼下确实停着一辆陌生的黑色车。

楼道口已经响起了脚步声。

◂7▸

我的手立刻搭在门把上，想要把锁打开，可转念一想，又犹豫了。

赵海有没有可能在骗我？会不会他已经被那两个人制服了，他们逼着他发这条消息，想要引诱我进去？

不过两个闯空门的小偷有这样的心计吗？不对，他们真的是小偷吗？从刚才的视频看，他们进屋也不像是来偷东西，更像是在找什么东西？

是放高利贷的吗？还是黑社会？

反正不管是什么人，肯定不是我惹的他们。难道是赵海吗？

我唯一能想到的救星只有江安安。我给她发了条语音：“如果二十分钟后我没联系你，就请你帮我报警。”

“好的。你这里出什么事了吗？要我过来找你吗？”她是立刻回复我的，显然还没睡。

“这次我要是平安无事，我一定娶你。”我以视死如归的决心去开门，但是人一紧张，手反而有些抖，我试了好几下，才把门打开。

门刚拉开一条缝，脚步声就已戛然而止。上楼的那个男人就站在我斜后方，手插在衣兜里。

电光石火的一瞬间，赵海的脸出现在门后，我刚松一口气，我身后的男人就掏出刀来，抬手就刺。赵海立刻推开我，空手接白刃，膝盖顶在男人肚子上，胳膊顺势勒住他的脖子。

男人挣扎了一会儿，但架不住被裸绞压住了颈动脉，很快就昏迷了。赵海让我帮忙，把人抬进屋里。那两个人也已经被制服了，已被绑在卧室里。

我有些诧异：“你怎么这么能打？”

“经常去健身房锻炼啊，办张卡也不贵。”赵海若无其事道，“他们说没偷你的彩票，你是不是漏找了哪里？”他的手被刀划破了，正拿出医药箱包扎伤口，我则去卧室重新翻找了一遍。

刚才果然太着急了，原来彩票掉在了床垫和床板的夹缝里，我小心翼翼把彩票拿出来，像是找到失而复得的宝贝。

现在一切都解决了，也是我错怪赵海了，刚才他那样挺身而出，是我以小人之心度君子之腹了。

我觉得有些对不住他，就悄悄问：“那接下来怎么办？”

赵海道：“当然是报警啊？你不是都拿回彩票了。我已经打电话叫了警察，他们说二十分钟后到。”他从柜子里拿了两瓶可乐，我们一人一罐。

他边喝边说：“你要不收拾行李先走吧，今晚别住在这里了，省得你的彩票找不到，又以为是我的问题。”

被他这么一说，我脸上也有些挂不住，只能赔笑道：“是我过度紧张了，没办法嘛，毕竟这么大一笔钱。”

“你是真的觉得八百万很多吗？”赵海忽然意味深长地看了我一眼。

这时，被绑在地上的一个男人苏醒过来，他的嘴被胶带绑住，没办法说话，只是不停地朝我眨着眼，又瞥向赵海，眼神惊恐。

那个人在害怕什么？我有些不解，紧接着又觉得头晕目眩。我拉着赵海的手说：“我的头好晕啊，喘不上气来，是不是又低血糖了。”

“不是低血糖，是乌头碱发作了。你没听说过吗？这是剧毒，三分钟内发作。”赵海很平静地拉开我的手，把我放到沙发上，“你不应该喝我递给你的东西。”

“什么？”我彻底支撑不住，眼前一阵阵发黑。

赵海冷冷看着我，道：“这几个人其实不是来偷东西的，他们是来找我的。你不是偷偷调查过我吗？那你应该知道我老家出过上千万的诈骗案，三个人合谋，死了一个，跑了两个，我就是跑了的其中一个。我们骗了一家高利贷公司的钱，两千多万，黑吃黑，所以他们不敢多声张，但私下一直在派人找我们。

“所以我说了，区区八百万，我没必要杀人的。不过你确实运气不好，要是你一开始报警，警察来了，我也跑不了。”

药效发作了，我已经说不出话了。最后的希望在江安安这里，她既然收到了我的消息，那一定会帮我报警。就算我真的死了，也绝对不能让赵海好过。

我颤抖着手从口袋里掏出手机，但已经没力气拿稳了。手机掉在地上，赵海捡起来，把界面调到聊天软件上，正是我和江安安的对话内容。

我的最后一条语音是：“这次我要是平安无事，我一定娶你。”

原来江安安回复了，我却没看到，隔了五分钟，她回道：“收到。你这么诅咒我，那你还是去死吧。”

8

周一，赵海到公司时，听见同事们都在议论纷纷，邻桌有人感叹道：“小张真是倒霉啊，都中彩票了竟然会受刺激导致心脏病突发，不知道说他什么好，简直是没有发财的命。”

赵海轻轻咳嗽了一声，道：“不要这么说，小张也是上班太累才会突发心脏病的。他父母今天去领奖了，这件事还是不要太张扬。”

同事以为赵海还在感伤，便道：“你也真是小张的好朋友，换作其他人，搞不好就私吞了小张的彩票，你还交给他爸妈了。”

“我凭良心做事罢了。”赵海笑道。

他当然不会把彩票私吞。他原本的计划就是毒死人后，把尸体处理掉，让警方以为是失踪案。

现在有了彩票作掩护，借口反而更完善了——大喜大悲后，长期熬夜的职员突发心脏病了。乌头碱这种毒，毒发时的症状和心脏病突发完全一致，只要不做尸检，就能蒙混过关。

死亡证明是派出所开具的，而且又是死者的父母报的案，派出所并没有发现赵海的身份有问题。至于那三个人已经被赵海处理掉了，他们本就是高利贷公司找来的打手，一旦被捕，顺藤摸瓜，很容易就能查到赵海的真实身份。不过他们这种人失踪了，也不会有人报警。

公司高层倒比赵海更着急，生怕这件事被媒体大肆报道，往猝死上引导，私底下都不允许员工讨论，赵海却偷偷在群里鸣不平：“唉，他明明就是猝死，真太让人心寒了。”

赵海也无所谓群里的言论被领导看到，因为他本来就要走。在打印间，他和江安安对了个眼神，说好晚上碰一面。

小张怕是到死都不会知道，自己念念不忘的女神，原来是赵海的同伙。

那两千万黑钱正在通过地下钱庄分批运出去，至少要半年，这段时间他和江安安也需要个正式身份。

当初他们是分开走的，那个同伙被追上桥，一咬牙就想跳河逃生，但水太冷，他一抽筋就淹死了。

坏处是把事情闹大了，警方介入调查；好处是他还没来得及供出同伙，赵海和江安安没成为通缉犯。

他们是从小的交情，甚至可以说是青梅竹马。江安安的父亲杀过人，拿刀捅死了三个人，小地方的流言蜚语厉害，她只能改姓又转学，正好成了赵海的同学。

他们说好入职同一家公司，平时装作不认识，出了事又互相照应。现在那些赃款已经分批运出国了，他们也能找个时间辞职脱身。

到晚上，江安安过来，把护照和机票给了赵海，感叹道：“这次真是凶险，还好小张为了不暴露彩票的事，一直没报警，又把唯一的消息发给了我。要不然警察一来，我们就真走不了了。”

赵海冷笑道：“他真是为了钱不要命。”

“谁不是这样呢，八百万你看不上眼，可是我们不也为了两千万拼命了？”江安安微微一笑，“你说我们会不会因为分赃不匀内斗呢？”

赵海愣了一下，低头看手里的杯子。

刚才的水是江安安倒给他的，他已经喝完了。

END

评论列表

楼主评论：你觉得结尾的后续会是怎样的展开？赵海是死是活？

网友回复：

（扫码参与互动讨论）

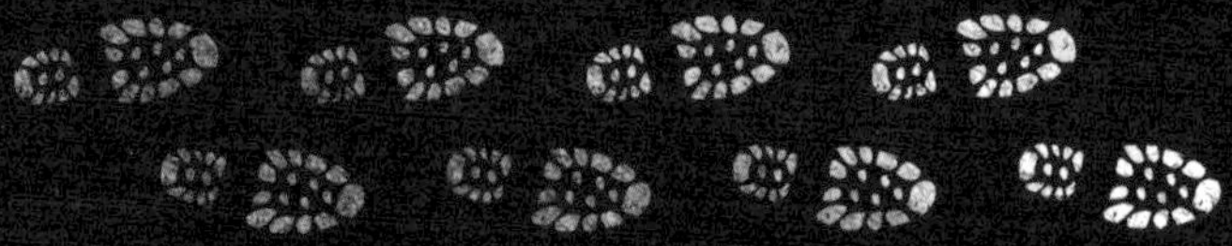

心愿便利贴
心愿便利贴，
只要在便利贴上写上心愿，
它就会帮你实现。
Chapter 05
作者：维C布加橙

# 心愿便利贴

Chapter 05

作者：维 C 布加橙

加好友　写留言　　点击：xxxx　回复：xx

▶ **楼主发帖：** 如果获得了心想事成的能力，你会做什么？

◂引子▸

如果我能成功升到 p7 就好了……

如果能让那个总是阴阳我的阿添闭嘴就好了……

这样的心愿自从被写上了那个便利贴之后，竟然一个接着一个实现了…

◂1▸

“你听说过心愿便利贴吗？只要在便利贴上写上心

愿，它就会帮你实现。”

我看着货架上粗制滥造的广告语，心里嗤之以鼻。转身我就推着购物车离开了文具区，到柜台结账去了。

看着售货员把东西一件件地扫码装袋，正准备结账的时候，面前的售货员忽然开口：“先生您好，您这边还差 1.7 元就到满 100 减 20 的活动，您看要不要添样东西凑个单？”

我的注意力从手机的小视频上收回，抬头看了一眼售货员，大脑从刚刚的娱乐模式切换到了思考模式，随后点点头，在面前的货架上看了看，搜寻有没有什么能凑钱的小东西。

奇怪的是，原本都是口香糖、纸巾、巧克力这种小东西的地方空空如也，似乎都被哄抢一空了，只剩下了一排挂着的便利贴，售价正好是 2 元一包。

几乎是下意识的，我扯下一包随手一丢：“就这个吧。”

“好的。”售货员拿起来扫了码，“一共消费 100.3 元，扣除优惠满减后需要支付 80.3 元，请问怎么支付？”

我十分熟练地打开了手机支付 APP，提起了塑料袋就走出了超市的大门。

我叫潘兴，一个平平无奇的社畜。

和所有“平时 996，中年 ICU”的程序员一样，虽然身在大厂，有着一份看起来收入不错的工作，但其中的苦只有自己清楚。

加不完的班，赶不完的项目，修不完的 Bug，以及永远不会兑现的期权。与此同时面对的，是每年越来越多箭头的体检报告和各种繁重的贷款。尤其是这几年全球经济下滑，各个大厂都在裁员、优化，美其名曰开源节流。

对于打工人而言，失业，是生活中无法承受之重，是一家老小流落街头，但对那些办公室在顶楼的资本家而言，解雇员工不过只是签个字的事情而已。

从超市出来，我转头再次走进了公司所在的办公大楼，重新回到了自己的工位上。

办公室里灯火通明，每一个工位上都是和我一样正在加班的打工人。我从塑料袋里拿出了刚刚从超市里买的便当和饮料，缩在自己的工位上，大口大口地吃了起来。除了吃的东西之外，我还买了一盒浓缩咖啡液、一盒签字笔，还有几包纸巾。

我把东西都拿出来放好，正准备把塑料袋丢进垃圾桶的时候，却发现在袋子最底下凑单的便利贴。我这才发现，这和我在超市里看到的那款“心愿便利贴”是同一款。

塑料包装的背面印着广告语，“心愿便利贴，只要在便利贴上写上心愿，它就会帮你实现”。

我无奈地笑了笑，如果这个世界上的愿望都这么容易就可以实现的话，那我还在这么个格子间里挣扎什么，我早就实现财富自由，享受人生去了。

但做人嘛，总是要有些希望的。

我随手撕下一张，顺手就从笔筒里拿出一支笔，在便利贴上写下：“如果我能成功升到 p7 就好了。”随后就一拍，贴在了电脑屏幕的边缘上，就像其他人给自己心灵鸡汤似的自我鼓励又或者提醒自己待办事项的时候一样，每天放松的时候看一看，图个乐。

然后，我就继续打开没写完的代码，继续全身心地投入到了工作项目中。

对我而言，这和无数个加班的夜晚没什么不同，但又似乎有一些不同。

◂ 2 ▸

第二天早上，我打着哈欠揉着眼睛，胡子拉碴地随着人群涌动，打完卡过了闸，走进办公大楼，挤在空气都有些浑浊的电梯里，一直来到自己的部门，在格子间里坐在了自己的工位上。

刚一落座，隔壁桌的小董立马探出了脑袋。

“潘哥潘哥！你听说了吗？”

“嗯？听说啥？”我疑惑地问。

“有消息说，昨晚的董事会召开紧急会议，项目一组的老张带着不少人一大早提交了辞呈，跳槽去了我们的对手公司。”

“项目一组的老张？”我惊讶地张大了嘴，“他不是刚给公司完成了个大项目，公司靠着那个独角兽项目才成功拿到B轮融资的吗？”

“谁说不是呢。为公司当牛做马了十多年，公司赚钱了，结果……”小董看了看周围，凑近我身边压低了声音说，“人事部的兄弟给我透了消息，就是因为老张的这个项目。听说当初做这个项目的时候有签订协议，项目的源代码公司和老张是分别占有持股的，现在公司准备过河拆桥，独吞这个项目的源代码。”

“然后呢？”

“小程序员哪里玩得过大公司的法务，这不，只能走人咯。”小董撇撇嘴，两手一摊，“不过老张也算摆了公司一道，他和对家公司协议好了，带走了整个项目组。”

“那也没用，辞退了有竞业协议。”

“老张厉害就厉害在这里。公司吞了源代码的股权，老张只要求取消竞业协议，居然给他谈成了。据说，老张连赔偿款都没要。”

我张了张嘴，但最终什么话也没说。

“只能说，希望老张在那边能再创辉煌，再造出一个惊天项目，不然……难咯……”

小董说着，一滑椅子回到了自己的工位上，不再说话。

而我呆呆地看着黑色电脑屏幕里自己的脸，仿佛看到了不久之后的自己。

“叮咚。”

随着手机屏幕的亮起，我收到了一封内部的邮件。几乎是条件反射，我打开了手机消息，查看邮件内容。

“潘兴你好。

“根据本季度各部门的综合评定，你的层级晋升申请已通过，目前层级为p7。各项相关层级条件将由收到邮件后的3日后起效，请及时登录内网员工个人页面进行确认。

“——人事部”

我“噌”的一下从自己的座位上站了起来，引起了众人的注意。好一会儿我才发现自己的反应太大了，连连道歉，又重新缩回了自己的工位上，来来回回把这封邮件看了好几遍，确认每一个字的的确确是我理解的那个样子。我的内心狂喜不已，甚至都能听到心脏“咚咚”的跳动声。

我的手都忍不住颤抖了起来，立马打开了电脑显示器，登录内网账号。果然，个人主页上出现了一个小小的红点，正是待更新的提示。

在我的个人照片之下，层级已经从原来的“p6”变成了“p7（待确认）”的字样，我移动着鼠标，滑到待确认这三个字上，双击打开了链接，里面是长长的文件条目。

但此刻的我根本无心查看，迅速地拉到了最底端，停在了按键“确认”上，毫不犹豫地点了下去。

“你的层级更新已确认，请等待人事部最终确认审核。”

看着页面上的话，我这才注意到，昨天写的那张便利贴还贴在电脑屏幕的边框上，便利贴底面的水印“心愿便利贴”在此刻显得格外耀眼。

3

或许公司是因为老张带走了一整个项目组的人员，启动了紧急人员预案，在短短的一周时间里，有不少人都突然收到了层级晋升的通知，我也是其中之一。只不过，我是唯一一个升到了 p7 的。

虽然层级晋升了，但暂时却没有新的任务或者人事调动，我还在原来的工位上，干着和之前一样的活。

此时，我正对着手里的便利贴出神。

这未免也太巧合了吧。

如果说真的是这个便利贴的缘故，但老张这件事情明显不是忽然就在一天里发生的；可如果不是这个便利贴的缘故，公司那么多人，怎么就偏偏轮到我升级了？

正当我思考着这个问题的时候，忽然听到了一个尖锐的声音。

“哟，这不是我们的 p7 专员潘兴吗？这升了 p7 是和我们这些 456 的不一样啊，都有时间坐在这儿发呆了呢。”

我一抬头，就看到趴在我挡板上坏笑的阿添。

阿添和我是同期进公司的，我们这一批当时就只有我俩被公司录用了。但是不知道为什么，一直以来，他似乎都不太喜欢我，甚至经常阴阳怪气地挤对我。我不善言辞，但好在工作能力不错，而他能说会道，和同事以及领导的关系都很好。

“说什么呢……我只是……”我刚开口准备解释，却被他直接打断。

“哎呀，你不用和我解释，我又不是来监督你工作的。我是想和你取取经，怎么就说升就升了？”

“这也是公司的决定，我……”

“对对对，当然是公司的决定咯。你平时和老张不是走挺近嘛，是不是收到了什么风声？下次有这种消息，也和大家伙分享分享嘛。”

“我没……”

“难为平时老张还这么照顾你，临了临了，啧……”

阿添叹了口气，摇摇头走开了，根本不给我说话的机会。

可他这些似是而非的话在其他人听起来，似乎就不是那么个意思了。我明显感觉办公室里其他人看我的眼神变了，有小心警惕的，也有鄙夷的。我有心解释，却又不知道该如何说起，毕竟他这些话并没有真的说什么。

可我也不知道，我不在的时候，他又和别人说了什么。

我有些懊恼地重新坐回了自己的工位，越想越生气。一想到这么多年在阿添手里吃的亏，被他挤对嘲讽的话，脑子就“嗡嗡”地响了起来，脑海里满是他那张勾着嘴角咋舌的讨人厌的脸。

如果他能闭嘴就好了。

这个念头突然出现在了我的脑海里，就像是打开了什么开关。

我的视线不自觉地落在了那沓便利贴上，鬼使神差地，我又撕下了一张便利贴，在上面写下一句话。

“如果能让那个总是阴阳我的阿添闭嘴就好了……”

## 4

我怎么也不会想到，阿添真的闭嘴了，永远地闭上了。

距离我写下便利贴过了一周，这天上班我发现阿添居然不在，这才听其他同事说起，阿添今年的体检报告在前两天发给他了，被查出了喉癌。他当时就跑到市里的大医院去复查了，结果和体检报告上的一样，并且医生告诉他，这个情况得手术切除，他的声带保不住，以后都说不了话。

阿添因此已经请了长病假，这段时间都不会出现在公司里了。

“谁叫他平时说话不带把门的，现在可不就报应在这张嘴上了。”小董一边敲着键盘，一边嘟囔着说道，“潘哥，他平时不老阴阳你嘛，你看这不就遭报应了。”

我看着小董，随后才反应过来，尴尬地笑了笑，转回到了自己的电脑面前。

趁着其他人都不注意，我从外套口袋里拿出了一张被我揉得皱皱巴巴的便利贴，正是我之前写的那张，上面还留有我的字迹。

神奇的是，这张便利贴上的水印似乎也变深了，至少比原先看得更清楚了。

我的内心出现了动摇，可我还是再次握紧了手，把那张便利贴揉在了手心里，撕碎了丢进桌子下面的垃圾桶里，然后深呼吸了两次，平复自己的心情。

阿添这个病也不是一两天就突然出现的，他只是之前都没有察觉而已，只是巧合，和这个便利贴一点关系也没有。

可，一次可能是巧合，连续两次……

我睁开眼，下了一个决定。

如果这个便利贴真的有那么神奇，那不如就写一个大的!

我再撕下一张，随着心脏快速又亢奋地跳跃着，我写下了一句：“如果我能成为老总的女婿就好了……”

写完后，我郑重其事地将这张便利贴贴在了我随身携带的小笔记本内页上，合上本子，放在桌子的中间，静静地看着它，就像是在等一个魔咒生效似的。

好一会儿，我摸了摸笔记本的封皮，把它连同那个便利贴，一起锁进了我的抽屉里。

我倒是想看一看，它是不是真的会实现我所有的心愿。

5

事实证明，所谓的心愿便利贴，只是连续的巧合而已。在我写下第三个心愿之后的两年里，什么都没有发生，我甚至都没有谈恋爱。

每一次当我有可能发展恋情的时候，我都会旁敲侧击地询问对方，父亲是做什么职业的，但很遗憾，没有一个人的父亲是企业老总，根本就不符合我的心愿。当然，最后我也没有和其中任何一个女孩子继续联系发展感情。

随着时间的推移，我也渐渐死了心，这根本就是无稽之谈，我的想法太荒谬了。我甚至还在便利贴上写了其他的愿望，比如：

“我希望能拥有一千万。”

“我希望能有江景大别墅。”

“我希望能在35岁之前实现财富自由。”

……

没有一条实现。

我反思，是不是因为这些心愿都太过不切实际，改成简单一点的会不会更好一些。

于是之后，我就又写了好几次，比如：

“我希望今年年终奖可以破5万。”

“我希望今年能出去旅游一次。”

“我希望出去吃饭能抽中免单！”

但同样地，没有一条生效。

渐渐地，我对这个便利贴也就失去了兴趣，再也不期待便利贴的魔法了。

这天，我正一如往常地坐在自己的工位上，突然，部门经理钱经理出现在了我的面前。

“潘兴，去一趟李董的办公室。”

我茫然地看着他，指了指自己，问道：“我？”

钱经理不耐烦地点点头：“赶紧的。”

我不知所措地站起来，跟在他身后，一路小跑着走进了电梯。随着电梯上升，我的肾上腺素也急剧飙高。

“钱经理，那个……李董找我……有什么事啊？我只是一个小程序员啊……”我谄媚又小心地开口问道。

“我怎么知道。你去了就知道了。”钱经理连看都没看我一眼。

很快，电梯就到了楼层，我在钱经理的示意下，走进了董事长的办公室。

办公室很大，只有李董一个人坐在桌子前，直到我等了好一会儿，他才停下了手里的工作，摘下眼镜，面无表情地看着我。

“你就是潘兴？”

“是的，我就是潘兴。”我点点头，勉强露出一个笑容来。

李董上下打量着我，就像是看一件货品似的，直到看得我内心都有点发毛了起来，他才收回了目光。

“你以前是不是有个女朋友叫王思思？”李董突然问道。

我一愣，大脑飞快地转了起来，搜寻到了一段大学时候的记忆，下意识地点点头。

李董看着我的眼神露出了嫌弃，甚至还有些厌恶，但他很快就隐藏了起来，恢复成了严肃又威严的表情。

“行了，回去收拾一下，明天不用来上班了。”李董挥挥手，让我出去。

我心里“咯噔”一下，两腿一软，跪在了地上。

“李董……我是不是哪里做得不好，我改！我改！我不能失去这份工作啊！”我哀号着。

“王思思，是我女儿，亲生的。”李董转过脸不耐烦地说道。

“王思思……”我嘀咕着，“李董！我没有对不起她啊！当初……当初是她甩了我！我挽留了很久都没成功啊！”

李董的脸更黑了，但他还是强压怒气道：“我知道！就是因为你这个臭小子！她和我整整5年没联系！连孩子都生了我都不知道！现在人我找回来了，虽然你这个小子没什么拿得出手的，但总归是我外孙的亲爹！要不是因为这个，我才懒得和你说话！让我女儿嫁给你是不可能的，你只能入赘！赶紧收拾完东西滚蛋！到时候会有人来接你的！出去！”

我的脑子“轰”的一声炸开了。

我甚至都不知道自己是怎么回到办公室里的，小董喊了我好几次，我才反应过来。随后，我翻箱倒柜的，终于找到了被我丢进抽屉角落里的那本贴着便利贴的笔记本。

我颤抖着双手翻开了笔记本，里面还贴着当年那张写着“如果我能成为老总的女婿就好了”的便利贴，上面的字迹已经有点褪色变暗，但便利贴上的水印颜色却变得更深了。

“心愿便利贴……是真的……”

我喃喃道，狂喜不已。

## 6

随着第三张便利贴上愿望的实现，之后的那些内容自然而然也都一一兑现了。

无论是一千万，还是大别墅。虽然我的工作没了，但每个月都有好几万的生活费，而我的“新工作”就是照顾好我的老婆王思思和我的女儿李嘉。

王思思之所以不和李董姓，是因为她很小的时候父母就离婚了，跟她妈姓。但是后来她妈妈离世，她和李董的父女关系也缓和了不少，为了纪念她妈妈，所以名字一直没有改回来，只是到了女儿嘉嘉这里，又改回了李姓。

毕竟，我是个入赘的。但我丝毫不介意。

虽然多年不见，王思思也从曾经的青春少女变成了雍容华贵的少妇，看上去有些沧桑憔悴，但她的美貌依旧不减当年，加上我们也的确是相爱过的，我对这突如其来的美满婚姻感到十分满足。

唯一奇怪的是，我们只在领证登记的时候碰了面，之后就一直没再见到，只有我住在大别墅里，她们母女俩似乎有其他的住所。我虽然有些疑惑，但想着毕竟多年没见了，我都不知道自己有个这么大的女儿了，小朋友就更加不容易接受，需要一点时间来缓一缓。

我就这样过起了富贵的咸鱼生活。

唯一让我觉得有些奇怪的是，不知道是不是生活作息调整得太规律了，我现在每天晚上十点就开始犯困想睡觉，并且很快就能入睡，睡眠质量也得到了很大的改善，一晚上都不会醒来，一觉睡到大天亮。

按照李董的要求，虽然我不用上班，但要有一个良好的形象，每天都要进行固定的运动锻炼和评估，达到要求了以后才能以最好的状态出席婚礼。所以每天都有专门的营养师、健身教练甚至家庭医生监督我的饮食和运动。

我简直享受到了超一级的服务。

当然，我从李董的话里也听出来了，他是觉得只有一个孙女是不行的，他要孙子，也就是我必须要和王思思再生一个儿子才行，可以说我和王思思现在是在分开备孕，调整到最好的状态为他生育接班人。

虽然听起来很离谱，但毕竟我也算是“嫁”入豪门了，生育机器算什么，我得到的可是一辈子的富贵生活啊。

这么想着，我在无比幸福中进入了今晚的睡梦中，甚至都忘记把睡前保姆给我的牛奶喝掉。

7

我好像做了个梦，我梦见自己像是被绑在砧板上的猪，一群人围着我讨论该先切哪里。

我似乎还看到了王思思，她一脸忧愁地站在不远处看着我，想要阻止，却又冷漠地转过了脸。

我吓出了一身冷汗，从床上弹了起来。

我看了一眼床边的闹钟，才五点半，比我平时醒的时间要早很多。果然，牛奶助眠，下回绝对不能忘记睡前喝热牛奶。

想到这儿，我突然觉得嗓子有些干痒。于是我从床上起来，走出了卧室，准备下楼去倒水。刚走到楼梯口，却发现李董和保姆两个人在楼下说话。

这让我十分奇怪，这么一大清早的，李董到这儿来找我干吗？

我下意识停下了脚步，想要听听他们在说什么。

“最近情况怎么样？”李董严肃地问道。

“基本上都已经达标了，还有一两项还差点，估计再过一到两周，应该就可以了。”

“赶紧的，我已经等不了了！”李董不耐烦地催促道，“要不是王思思这个叛徒！我才不用这么大费周章，多等这么久！”

“李董，您不能生气，要尽量平静。”

“我知道！”李董别过脸，“老天爷还是眷顾我的，虽然王思思不中用了，但居然送来了一个潘兴，哼哼，他俩之间竟然还有一段，真的是天助我也。”

“李董吉人自有天相，诸事顺遂。”

“你给我看好了，务必要保证潘兴的心脏达到和我最适配的程度！”

李董说完，转身离开了，保姆半屈着身体目送他离开。

而站在楼梯边的我，差点瘫坐在了地上，如果不是我的一只手死死地握在扶手上，另一只手又死死地捂住嘴巴，恐怕现在我就已经被发现了。

我小心翼翼地上楼，回到自己的卧室里，重新躺回床上，假装自己还在睡觉。

果然，没一会儿我就听到了开门的声音，保姆走了进来，似乎是在检查我是否还在睡觉，我侧着身缩在被窝里，即便紧张得要命，却还是装作一副熟睡的样子。

过了一会儿，我听到了关门的声音，确认人已经离开后，我才睁开了眼睛，大脑飞速地运转了起来。

随后，我从床板缝隙里挖出了我藏起来的便利贴，找了支笔写下“我想立刻就知道李董找我做女婿的真正目的”。

8

第二天晚上，在保姆送上热牛奶的时候，我假装要去上厕所，让她先放在桌子上，随后趁她不注意倒掉了牛奶。

等到了十点，我躺在床上，装成已经睡着的样子。

因为我有一个大胆的猜测，昨天晚上我其实没有做梦，很可能是我真的在迷迷糊糊之间看到了什么。

到了十一点，我听到了有人开门的声音，虽然闭着眼睛，但我能感觉到，我连人带床地被推走了，不是离开房间，而是在这个房间里还有一间密室。我偷偷睁开眼，看到有一群穿着白大褂像是医生的人，在我身上连接各种仪器，采集数据。

而随着他们的操作，我也确实听到了一部分的内容。

“李董的心脏已经支撑不了太久了，潘兴这边的数据怎么样？”

我能听得出来，说话的是保姆。

“基本稳定，但要调整到最好的状态，估计还有一周的样子。”

“确保一周之内一定要调整好，不然，你们都知道的。”

“哎，其实当时王思思的心脏才是最适配的，只可惜……”

“别说了，谁能想得到这么个小姑娘居然这么能干，能一个人在国外躲了 5 年不被找到，甚至还有了孩子。”

“就是，要不是因为她生了孩子，心脏的数据完全变化了，想再和李董做适配要等至少一年的时间，李董也不会这么着急重新找人。没想到李董居然还真就找到了。”

“要不说王思思这姑娘厉害呢。她居然早就知道李董当年资助和领养她就是为了她的心脏，一声不吭地把大学都读完了，甚至还找了个同样心脏也和李董适配的男朋友，生了个孩子躲了5年，被找到以后这就是个后手，直接成了主动方，让李董不得不换人。”

“可她现在也不好过啊，毕竟当年是李董给自己养着的心脏，她命是保住了，但……”

“哎，昨天你没见她那样子嘛……听说，李董拿她当交际花，天天带着去酒局呢……”

“那她那孩子呢？”

“不清楚，不过听说那孩子被送出国了，也不知道王思思是不是手里还有什么筹码，保了那孩子一条命。”

我听着耳边的对话，越听越胆战心惊。

我确信，是心愿便利贴实现了我的愿望，我确实得知了这一切的真相。如果我想得没错，现在的我就是被李董安排好的活体心脏，他会在我不知不觉中就拿走我的心脏给他自己安上。

从一开始，这一切就是骗局！他和王思思根本就不是什么父女！

王思思也不是和我余情未了，她是为了自己活命，所以把我当作备用心脏送给了李董！

一想到这儿，我只觉得一股气血直冲我的脑门。

“嘀嘀嘀……”

“怎么了？报警了？心跳剧增？怎么回事？”

几乎是同一时间，我睁开了眼睛，从床上跳了起来，趁着所有人都没反应过来，冲出了房间。

不行！我要逃！我要活着！

这个念头充斥着我的大脑，直到我一路跑下楼梯，看到了大门，可还没等我伸手抓住门把，脑后就一阵剧痛，我晕了过去。

9

等我再次醒来的时候，我发现自己被绑在了床上。

李董坐在我身边，看起来好像老了很多，只有那双阴沉的眼睛没变，甚至还透着笑。

“看不出来，你小子还挺机灵的。既然都知道了，那我做起事情来也就方便多了。”李董站起身，拉了拉西装领子，走到了我的面前。

“嗯嗯嗯！！”

我想说话，却发现自己的嘴被捂住了。

“没用的，这几天你就乖乖躺着，完成最后的检测。你不要觉得亏了，毕竟你也享受了三个月的富贵生活不是吗？三个月，你一辈子都享受不到的快乐，换一颗心脏，怎么不划算呢？”

说完，李董拍了拍我的脸，走出了房间。

我奋力地挣扎着，却怎么也无法挣脱，只能看着天花板一点点地绝望。

忽然，我灵机一动，想起了那本便利贴。只要我能再在便利贴上写字，就一定能扭转这一切！

于是，我不惜拗断了一只手，就为了从中挣脱出来，再一次从床板的夹缝里拿出了那本便利贴。但我没想到的是，这本便利贴已经只剩下了最后一页。

我回想着之前写过的便利贴，确实也不少，尤其是在试错的那段时间里，不知道自己到底用了多少张，而现在，它只剩下了最后一张。

这是我最后翻盘的机会了，我一定要写出一个完美避开被剖心脏又能让我往后都安全生活的心愿。思考再三，我灵光一闪，随后在最后一张便利贴上迅速地写下了一句话。

10

“所以警官，你是觉得，真的有可以实现人心愿的便利贴，只要在上面写上自己的愿望就会实现？”

李董倒了两杯茶，把其中一杯推到了对面穿着警服的警察面前，自己则拿起另一杯抿了一口，笑吟吟地问道。

“根据我们的走访调查，这些内容确实是在潘兴写下之后一一实现了，并且这些内容的实现都和你有着千丝万缕的关系，这让我们不得不怀疑，他最后的这张内容是否……”

“警官你是觉得，现在的我虽然是李志虎的身体，但其实我的内里是潘兴的灵魂？”

警察皱眉，没有回答。

“还是你觉得，这一切其实是我构造出来的针对潘兴一个人的骗局，让他觉得有心愿便利贴这个东西，于是他信心满满地写了：他要成为换了健康心脏之后的李志虎，就是为了让他心甘情愿地签下遗体捐赠协议，好让我获得这颗适配的心脏？”

听到李董的话，警察的嘴角微微抽搐了一下。这确实是他的怀疑，但他没有证据，就算这是真的，整件事都没有任何一个可以被他们抓住的错漏。

潘兴签署的遗体捐赠协议是真的，李志虎等待心脏移植的排序是第一位也是真的。至于潘兴离职，他是被公司辞退的，所有流程都合法合规，并且他得到了相应的期权兑现和赔偿。

潘兴离职后，他住的别墅是租赁的，所有的花费都有流水，走的也都是他自己的银行卡，查不到李志虎身上。

而后，潘兴在别墅里意外触电，被上门的保洁人员及时发现，但最终因抢救无效死亡，都有医院的相关文书证明，毫无破绽。

这一切像是严丝合缝的阴谋，但若无证据，却只能说是巧合。

“如果没什么别的事，我要继续工作了。”李志虎笑着下了逐客令。

等警察离开后，王思思从另一扇门里走了出来。

“总算走了，可闷死我了。”王思思抱怨道。

“行了，知道你憋坏了，走吧，出去带你找点乐子。”李志虎伸手搭在了王思思的肩膀上。

“有什么乐子？”王思思眨了眨眼，问道。

只见李志虎翻开了桌上的平板，递给了王思思。

“周建安，干什么的？”

“咖啡店打工的。老刘的肾不太好了，昨天和我说来着，咱俩总不能自己玩得开心，不管朋友的死活吧。”

“切，你这个招数又土又老的。现在都没人用便利贴了，你得与时俱进知道吧？”

“知道知道，那这次换成什么？心愿咖啡杯？你想想，你脑子好。”

“行呗，我想想。”

两个人搂在一起，一边打情骂俏，一边往外走，李志虎下意识地伸手刮了一下王思思的鼻子。

忽然，王思思停住了脚步。

“怎么了？忽然不走了？”李志虎回头，疑惑地问道。

王思思看着他，莫名地一阵心慌，她后退了一步，脑海里浮现的是大学时期和潘兴谈恋爱时潘兴的习惯动作，就是刮她的鼻子。

“你……到底是谁？”

李志虎一愣，随即笑了笑，原本就老奸巨猾的脸此时看起来更显几分阴郁。

“你，觉得呢？”

END

评论列表

楼主评论：你觉得潘兴最后在便利贴上许下的心愿是什么？

网友回复：

（扫码参与互动讨论）

误入案发现场
我因送错外卖，
误入杀人现场。
Chapter 06
作者：凉兮

# 误入案发现场

Chapter 06

作者：凉兮

加好友　写留言　　点击：xxxx　回复：xx

▶ **楼主发帖：** 被当成了凶手怎么办？

我因送错外卖，误入杀人现场。

等我救下被打晕的被害者后，我却反被诬陷为凶手。

后来……

“你看清谁是凶手了吗？”

没有，那人站在太阳下，身后是正义的光晕。

◂ 1 ▸

我叫何田，是一名聋哑外卖员。

外卖行业现在卷生卷死的，没办法，我这样的残疾人只能在晚上多抢点单子，遇到下雨打雷也是常有的事。

可是今天雨太大了，外卖单子都被淋湿了。

这单要送的小区是老旧楼梯房，加装的电梯还停电了。没办法，我把外卖袋包在衣服里，只好爬楼上去。

没想到鞋子上有水，我跑到门口时一个滑铲，直接撞开了 608 的大门，就看见屋里一个黑衣男人，举着把刀与我面面相觑。

男人竟还和我穿着同款雨衣。

窗外瓢泼大雨，闪电惊起。

我吓得呆了一瞬。

就这一瞬，凶手向我扑过来。

我转身就跑，没想到脚下又摔一跤，我倒在地上，用外卖盒子抵挡了他刺来的一刀。

我熟悉这个小区的户型，知道哪里是光线死角，趁着闪电停歇的空隙，窜到了大门右墙边。

凶手紧跟着扑过来，刀子扎到我的右脚。

慌乱中我扯下头盔砸在对方头上，碰碰两声，手都震麻了。

凶手捂着头往门口退，一个转身消失在黑暗里。

我瘫在地上动不了一点，这才感觉到脚上一阵刺痛。

我就这样在地上坐了好一会儿，没想到从沙发旁边摇摇晃晃爬起来一个人，我当时差点吓尿。

当然张小姐的反应比我还大，抄起台灯就往我头上砸，动作太快以至于我都来不及解释。

我是个哑巴，说不了话，只能挥着手势向现场的两位警察解释。

幸好，年轻点的沈警官学过手语，有他的翻译，608室的房主人张小姐这才搞懂了刚才的事。

“所以你的右脚不是我扎伤的，而是凶手捅伤的，对吗？”

我使劲点点头。

张小姐情绪非常激动：“哪儿有这么巧，我用水果刀捅伤凶手的脚之后，他把我打昏了过去，等我再醒来时，就只看见你在现场，你不是凶手还能是谁？”

我有点蒙。

我是误打误撞进来的，凶手被我用头盔砸跑了，现在倒好，留下我背了这口大锅。

“等等，他是送外卖来的。”沈警官指着我对张小姐说，“你刚刚点了外卖吗？”

张小姐说没有，下班回来就在沙发上睡着了。

我急了，掏出手机找单子给她看。一看我才知道，外卖地址是同一层楼的808，根本不是张小姐所在的608。

原来是我把外卖送错了，天啊，这下更难解释了。

再加上我送餐那会儿这栋楼停电，我又是爬楼梯上来的，没有监控录像能证明我说的话。

这事闹的，我浑身是嘴也说不清楚了。

事情陷入僵局。

张小姐建议对我申请伤情鉴定，看伤口是不是跟她刺伤凶手的刀口吻合。可奇怪的是，现场并没有发现张小姐所说的那把水果刀。

这下，在场的人都有点蒙了。

沈警官打着手势问我："你既然和凶手打了照面，看清了凶手的样子吗？"

我摇摇头。

但随即又想起来一件事，我急忙告诉沈警官："我不是用头盔砸了他嘛，凶手用手捂头时，我看见他的左手虎口处有道伤疤。"

沈警官转头看向张小姐："那么你呢？"

张小姐摇摇头："我当时吓坏了，哪儿有心思留意这些！"

2

张小姐名叫张也，单身，独居。大四刚毕业，从学校搬到这个小区不到半年，目前在一家新媒体公司实习。

她的社会关系很简单，唯一和她发生过矛盾的只有上司李佳。

当晚，张也参加公司周年庆聚会，公司的同事每人都准备了节目，而张也因为长相酷似性感歌手李鱼鱼，所以 COS 了她的舞台妆，红色假发加亮片紧身吊带裙，还演唱了李鱼鱼的成名歌曲《Love》，获得了聚会的最佳女士称号。

张也喝了很多酒，不知道是不是当晚的形象太过性感，上司李佳借着醉酒，把张也扶去房间后对她动手动脚，言语猥亵。

张也甩下李佳逃出房间，直接跑回了家。

因为在聚会上被灌了很多酒，人已经醉了，张也勉强回到家后就在沙发上睡了过去。

她是被一个惊雷吓醒的。

刚爬起来，就发现客厅大门正被徐徐拉开，黑洞洞的门口站着一个人……之后的事大家都知道了。

到底是凶手随机作案，还是目标就是张也？

案情陷入扑朔迷离，但好在张也没有出事，沈警官只说要我随时配合他调查，就放我走了。

只是因为送错了外卖，我就被楼上的 808 住户投诉，加上脚又平白无故挨了一刀。

可我不敢继续和张也的事情纠缠，我怕她发现了我。

◀3▶

我没有告诉警察，其实我早就认识张也，而且，她还跟我发生了过节。

事情源自半个月前，我在月亮湾小区的附近滨江公园里踢死了一只流浪猫，恰好被公园里的摄像头拍到，有人把视频发到了网上，引起大波网友讨伐。

有人说我心狠手辣，有暴力倾向，有人说我心理不健康，还有人骂我是死变态。

骂得最凶的那个账号名叫“张富贵儿和她的怨种铲屎官”。

我顺着账号主页挖出了这人的真实身份，她就是张也。

张也在评论区说：“相关部门应该将这个变态纳入高危犯罪嫌疑人名录里，他今天能虐猫，明天就可能杀人。”

很快，张也的评论下面被网友们盖起了高楼，点赞转发一路飙升。

我“虐猫”的事情上了同城热搜，有人在平台上对我恶意投诉，还有人故意点外卖给我写差评。

网友们人肉出了我租住的地方，每天回家，门口都堆满了垃圾和死老鼠，刚买的电动车也被砸烂了。

因为我无法说话，又不是什么网红，发出来的解释视频根本没有流量。

如今我又误打误撞搅和进张也的案子，如果让警察知道了这些，那不更加重了我是凶手的嫌疑嘛。

可是怕什么来什么。

沈警官第二天就把我传唤到派出所，旁敲侧击地询问我关于踢死流浪猫的事。

我想，警方还不知道我已经认出了张也就是网暴者之一，他们之所以采取迂回的方式询问，也许是顾及弄巧成拙，担心反而让我认出了张也吧。

“何田，如果网络暴力的情节恶劣，你可以报警，自然有警方帮你讨回公道，但是如果你私下报复人家，那性质就变了，你是要负法律责任的。”

沈警官名叫沈岸，刚从业五年，眼神里还透露出一股清澈的认真，一看就是做事认死理，但是非很分明的那一类人。

我能想象出来，他的中年时期一定是《重案六组》中的郑一民，标准且典型的警察形象，能上宣传手册的那种。

听了他的话，我点头如捣蒜，可心里却在暗暗打鼓，一旦张也发现了我的身份，她一定会跟警察指证我的。

要是外卖公司误认为我跑到张也家里持刀报复，那我很可能就保不住工作了。

不，我不能坐以待毙。

◀4▶

这几天我一直在尾随张也进出，警方也派了人暗中保护，所以我在暗处的暗处，寻找那个作案未遂的凶手。

我以前是个推理小说迷，看得多了，自然心领神会了一点点，比如案发现场无故失踪的那把水果刀，比如当晚张也回到家里是11点45分，而我因错送外卖到达现场是12点04分，这短短十八分钟里，就发生了凶手从出现、动手，到被我撞见逃走的事，说明凶手要么离张也住得很近，要么是一路尾随跟到了张也家里。

鉴于那天我见到张也时，她身穿一件紧身亮片吊带裙，头戴红色假发，浓妆艳抹，还是大半夜从酒店回来，没有打车，我推断被人尾随的几率会更大。

综合以上线索，我推测凶手肯定还会找机会动手。

我一定要把他揪出来，只要真凶手落网，自然能证明我的清白。

可我没想到，事情会出那样的意外。

星期五的下班时间，张也刚从公司出来，我看见有个身穿黑衣，戴着帽子口罩的高个子男人远远跟着她。

我本想通知一下警方。

可一直负责保护张也的那个警察今天却没有出现，我一个聋哑人，打电话一时半会儿也说不清楚。

眼看着张也从地铁站出来，再过条马路，穿过乔家胡同，就进了她家小区。

要是被这人尾随到她家里，那就更危险了。

那人远远地跟着张也，我则远远地跟着那人。他并没有立即动手，只是不远不近地尾随。

我不能再等下去了，救人要紧。

于是我在人流量最密集的马路口，拦住张也一通比画。我想只要让她警觉起来，那人肯定不敢当街行凶。

可张也见到我，像见到鬼一样害怕。她根本看不懂我的手语，我越使劲比画，她就越往后退，仿佛我才是那个坏人。

我拉住她，试图掏出手机打字给她看，可张也对着我就是一阵拳打脚踢。

这时候那黑衣人向我们跑过来，隐约要从腰间掏出个什么东西。我急了，一耳光扇在张也脸上，她瞬间安静下来，呆愣着不喊也不叫了。

那黑衣人已经冲到我面前，我别无选择，一拳挥出去，却被人反手一个过肩摔按在地上。

此时我才看见，黑衣人一只手按着我，一只手拿出警官证怼在我面前。

完了，我袭警了。

鬼晓得警方派来保护张也的人换岗了，这新来的面孔我不熟悉，才产生了误会。

警察局里，我把这次乌龙事件和盘托出。

沈警官一脸无语地批评我："这就是你给我的解释？你知不知道这次的事件又上热搜了！"

什么热搜？我一脸茫然。

沈岸把手机递到我面前。

原来我在大马路上殴打女性、被便衣警察按在地上摩擦的视频被人拍下来发到了网上。

我也很快被认出来是前段时间虐猫事件的主角。

根据这个线索，张也是热评第一那个引导网暴舆论的头号分子身份也被挖了出来。

这下弄巧成拙了，更加坐实了我是为报复网友的攻击，才公然找到线下，对女生动手的罪名。

如果说原来还有部分网友为我抱不平，那么现在的风向都一边倒地开始抨击我了。

我抱着脑袋在拘留所里懊悔痛哭，为什么我总是一冲动起来就什么都不顾了呢？

好在，沈警官懂手语，他看了视频后，知道我当时是在提醒张也有坏人尾随。他选择了相信我，所以帮我向张也求情，请她撤销立案。

但是张也怎么也不肯。

她一个人在外地工作生活，家里就养了只大橘相伴。我能理解，一个爱猫如家人的铲屎官，当然不会原谅我这个"虐猫"的变态。

可意想不到的是，我在拘留所里只关了三天，张也就来主动撤销了对我的投诉。

原因是，有知情人士发出了滨江公园“虐猫”的完整视频。

## 5

这段视频长达三分钟，是没有剪辑过的完整版，看角度应该是公园摄像头拍摄下来的。

视频里，我的外卖车停在路边，一个拿着鸡腿的小朋友慢吞吞走进镜头里。下一秒，一只大黑猫突然扑过来，小姑娘被吓得摔倒在地上，手里攥着鸡腿不放。

视频里小姑娘大哭起来。大猫抢不到食，朝小姑娘脸上挠去，我这才跑过来一脚踢飞黑猫。

但那只猫并不怕人，被我踢开又跑了回来，直接往小姑娘的身上扑，我这才飞起两脚把它踢飞进草丛里。

一个中年妇女狂奔过来抱起小女孩儿，看样子是这女孩儿的妈妈。

有个大妈跑去看了眼草丛里奄奄一息的黑猫，回来就嚷嚷着打我。

不一会儿现场的人越聚越多，我被围在中间不知所措，而刚刚那对母女却趁着人多悄悄走开了。

后来我才明白，黑猫被那群跳舞大妈拿食物投喂习惯了，根本不怕人，经常在路上袭击拿零食的孩子。我踢死了她们爱心投喂的流浪猫，大妈们不讲道理又护犊子，还被有心人故意剪辑发到了网上，这才给我扣上了“虐猫”的帽子。

这段视频还了我清白，我不但不是“虐猫”的变态，反而是热心救人的好人。公司不止没有开除我，还给我颁发了5000元的奖金。

但网友们却把误判的怒火都撒在了在评论区那个推波助澜引导网暴的张也身上，他们曾经骂我骂得有多恶毒，现在对张也只有加倍的份儿。

网友们的集体情绪，善于造神，也能毁神。

张也上一秒还是为猫请命的爱心之神，下一秒就成了混淆是非、忘恩负义的造谣者。

这些网友用最歹毒最恶意话攻击她，新一轮网络暴力又拉开了序幕。

我本来想帮她找出凶手，没想到结局却是这样。

大概是因为之前的遭遇，我注册了好几个小号，一直在网上为张也发声，但收效甚微。后来，有一个网友的留言不仅让我心惊，更是引起了警方的关注。

“我刚刚在张也主页里看到了她的COS妆，还别说，她真撞脸了明星李鱼鱼哎！”

“几年前有个女大学生在法士特酒吧驻唱，因为长得像李鱼鱼，也是模仿这个妆造，我去酒吧玩碰到过，可比这个张也像多了！”

“楼上说的不会是五年前被杀的那个女大学生吧？好像叫孙婷。”

五年前的“11·13 兰大学生被害案”，是指 2018 年 11 月 13 日晚，兰大学生孙婷，在兼职回学校的路上被人扼喉杀害的事。

很快，这条留言下面就有人回复。

“几年前我看过网上的报道，说孙婷失踪前，就是用李鱼鱼这套妆造在酒吧驻唱，也戴着红色假发。据说凶手没抓到，案子到现在还没破呢。”

“张也在公司聚会上模仿李鱼鱼表演的当晚，就遭人尾随入室了，此消息保真，因为我是她家小区邻居，当时还惊动了警察呢。”

“后来警方在通报里说，这个残疾外卖员当街闹事，也是想提醒张也，有坏人跟踪她，只是张也看不懂手语，所以才闹出了误会。”

“我怎么感觉事情哪里不对？”

“不会是因为张也 COS 了李鱼鱼，杀死孙婷的凶手又出来作案了吧？”

“当代网友人均福尔摩斯吗？”

“如果真是这样，那这就是变态凶手连环作案呐！难道他对李鱼鱼有什么特殊情感？”

网友的留言越来越多，楼越来越歪，大家众说纷纭，更多人参加了这场推理接龙。

沈警官这几天忙得不亦乐乎，张也被袭击和五年前的悬案一下都有了新线索。

不久后，有知情人士透露，警方要重启兰大学生被杀案。更有网友爆料，张也正是死者孙婷失散多年的血亲，COS 李鱼鱼就是为了引出凶手。

而且她手里有重要的新线索，已经向相关部门提起对该案的调查申请。

6

其实五年前的“11·13 凶杀案”，我是知道一点的。

听沈岸说这是他入职后经手的第一个案件，带他的师父就是该案调查组的组长。

网上搜到的死者孙婷照片，确实和张也很像，她们都有点撞脸大明星李鱼鱼。虽然资料不多，但只要用心搜集，还是能拼凑出这件案子的来龙去脉。

死者孙婷是兰大服装设计系大二学生，是一名孤儿，在本市城南福利院长大。

案发前，孙婷在法士特酒吧做兼职驻唱，当晚 11 点 50 分至凌晨 0 点 20 分之间，她消失在从酒吧回学校的一段监控盲区里，半个月后，有人报案发现了尸体。

警方从距离学校几十公里远的一个海鲜冷库里找到了孙婷。

死者全身赤裸，被冰冻在一个巨大海鲜泡沫箱里，经法医鉴定是被人扼住咽喉窒息而亡。

没有找到第一案发现场。

警方全面排查孙婷的社交关系，没有找到一个符合条件的犯罪嫌疑人，也无法确定是否为陌生人随机作案。

网上有扒皮贴说：“发现尸体时，海鲜老板因为破产跑路，债主们正打开冷库瓜分货物，死者就装在一个泡沫箱子里，堆在大堆箱子中间。当时进出人多，现场破坏严重，找不到有用线索。不过据警方调查，海鲜店老板等人均无作案嫌疑。”

没有新线索出现，几年后专案组解散，组长退休，案件搁置，凶手在逃。孙婷是孤儿，没有家属跟进，案件就此沉寂。

这是我能找到的线索，更多的细节就只有警方有案件存档。

可是沈岸拒绝了我。

表面上看，我和张也，包括“11·13 凶杀案”没有一点关系，寻找凶手也不是我该操心的事，可凡事哪能只看表面呢！

比如我前面一再强调自己对不起张也，不是因为“虐猫”事件导致她被网暴。

而是那天晚上入室的凶手，的确就是我呀。

从始至终就只有我一个人而已。

张也用水果刀将我刺伤，我将她打晕过去后，伪造案发现场，警察到达后，我告诉沈岸，凶手已逃走，我只是误闯进门的外卖员。

至于张也捅伤我的那把刀子，被我藏在了头盔上的装饰耳朵里。

那里原本是我藏监控设备的地方。

7

我发誓，我是个好人。因为我做这一切，只是想揪出兰大学生被杀案的凶手而已。

而张也，就是我揪出凶手，揭开谜案的一把钥匙。

我第一次认识张也，始于半月前的“虐猫”事件。她是那个视频的热评第一，当我点开她主页，看到她仿妆李鱼鱼的一条自拍时，脑子嗡一下，我仿佛看到孙婷重生了。

可我知道，她不是孙婷。

孙婷不会在网络上用如此恶毒的言论攻击一个陌生人。

可是她们长得真像啊，那张脸让我忍不住去查她的底细。

现在这个互联网社会，只要你不刻意隐藏，基本和透明人无异。我花了点小钱，很快搞到了张也的就职公司、家庭住址、社会关系，以及各类社交账号。

说句题外话，如果你的社交账号上莫名出现了关注者和好友，请一定要警惕。

张也是个很爱分享日常的人，我天天猫在网上关注她的动向。

送错外卖那晚，我只是想趁着张也参加公司周年聚会的空隙，去她家装一个监控而已。

我之所以能确定张也楼上的 808 业主在当晚一定会点外卖，是因为 808 室的住户，其实是那天在公园被野猫扑食的小女孩和她妈妈。

因为这位单亲妈妈的胆小懦弱，才导致我被网暴。后来小女孩母亲因为愧疚，在公司找到我道歉，得知她住在张也同楼的 808 时，我就知道有一天，她一定会还上我这个人情。

我让 808 在我指定的时间内点了外卖。

我送外卖上楼时，在一楼楼梯的监控盲区里弄断了一根电线接头。

这得益于张也小区是国企的老宿舍楼，因为历史原因，导致这个小区的维护和改造成了个烫手山芋，虽然加装有电梯，但是楼栋内的电线网杂乱破旧，我观察很久了，这些蜘蛛网电线牵一发动全身。

我剪了根电线接头，整栋楼就都黑了。

原本一切都在按照计划进行。可我没想到，张也那天提前回家了。

她看上去喝了很多酒，倒在沙发上直接睡了过去。她还戴着红色假发，穿着一条吊带亮片裙，一看就是模仿了李鱼鱼的经典荧幕妆造。

真是一招鲜吃遍天。

在别人眼里，她确实像明星李鱼鱼，可在我眼里，她更像素人孙婷。

看着那张脸，我突然灵光一闪，有了一个大胆的计划。

五年前，孙婷被杀时，靠着素人撞脸明星，模仿李鱼鱼，在酒吧驻唱赚取生活费；五年后，同样的素人张也撞脸李鱼鱼，要是她出了事，大家会不会联想到孙婷呢？

于是，才有了后面发生的一系列事。

我第一次因为“虐猫”事件上热搜是偶然。

但第二次我打张也，袭击警察上热搜，是我故意选在人流密集，大庭广众下闹事。

而第三次“虐猫”事件的反转，以及评论区网友们的案情推理接龙，却是我花了大价钱找证据，买流量买水军，推波助澜促成的。

我做这一系列事情，一为铺垫各种证据，让警方有重启案件的更多理由；二为把张也推到大众面前，让藏在网络背后的真凶，知道她的存在。

谁是重启案件的关键，谁就是凶手的下一个目标。

现在，一切就绪，就等大鱼上钩。

## 8

果然，在我连续不眠不休，蹲守三天之后，电脑的监控画面里终于有了动静。

那是我装在张也屋里的监控。

画面里，一个身穿黑衣戴着帽子口罩的男人，走进了张也的卧室，并且再没出来。

可就在一分钟前，张也已经进了月亮湾小区，这会儿恐怕已经进到楼里面了。

月亮湾小区 6 楼，此时已过 10 点，走廊一片黑暗，只有墙边的应急指示灯发出幽暗的绿光。

张也所在的 608 室大门紧闭，毫无动静。

她两天前刚买的电动车停在了楼下，这说明张也已经上楼了。

沈警官的电话还是打不通，发出去的信息也无人问津。

我试着敲了敲门，没人回应。

可是监控画面显示，确实是有人潜入了张也家。

不，我不能让张也重蹈孙婷的覆辙，怎么办？

只能硬着头皮直接闯进去了。

我一手握着把匕首，一手将我偷配的钥匙插进锁孔，轻轻转动把手。

推开门后，屋里一片昏暗。电闸被人拉了，一阵浓烈的药酒味扑面而来。

幸好我熟悉这里的所有布局，张也的药酒瓶就放在书房里，原来人在那里。

书房门开着，地上满是碎裂瓷片和酒渍药渣，一个人影横躺在榻榻米上，长发垂落在地。

是张也！她好像晕过去了。

我的注意力全集中在前面，可直觉让我背后一阵发毛。我猛然转身，随着一阵幽暗蓝光闪烁，我腰上一麻，整个人向前扑倒。

此时我才看清，一个身材高大的黑影站在门口，手里握着一根电棒。

黑暗中，那人挥起电棒再次向我扑来，我一个侧翻滚进榻榻米的角落里。

虽然再避无可避，但我的手却摸到了角落里的灭火器。趁他再次扑过来时，我挥起灭火器击中他的右手。

他手里的电棒甩了出去，滚落在门槛外。此时我还坐在地上，挥出匕首刺中对方腹部，

同时也被凶手死死抓住了手臂。

就在我们僵持时，榻榻米上躺着的张也呛咳一声醒了过来。她只愣了一瞬，立即飞扑向门外。

就是这么一瞬的停滞，凶手将我甩出去，转头去追张也。

我一把拽住他的腿。

我之前的几招攻击是趁其不备，凶手对我的力量没

有任何预估。可是现在，我感觉对方的力量比我要大很多，我们根本不是一个量级的对手。

我只能用尽最后一丝力气拖住他，保证张也能逃出去。

可我还是低估了凶手，他用另一只脚对着我的胸膛狠狠踹下去。

一脚！

两脚！

我只觉得五脏六腑都要碎了，剧烈的疼痛让我一阵抽搐，喉咙里喷出一口鲜血。

“你是谁？你想救她？”

这是第一次凶手说话，他的声音像在烈火里燃烧过的木炭，低沉沙哑，语调里带着些玩味和兴奋。

我的身体已经不能动弹，手臂像被硫酸腐蚀过，再也使不出一丝力气了。

我绝望地闭上眼睛。

这时候，我清晰听到一声斯斯的电流声，下一秒，那人的匕首甩了出去，接着他半边身子倒在地上。

是张也，她居然没逃走，而且捡起凶手滚落的电棒攻击了他。

可到底实力悬殊。

第三次攻击的时候，张也被凶手一脚踢翻在地，我只听到她喉咙里发出的咕噜声。凶手拽起她的一条腿向洗手间拖去。

混沌的黑暗里，我突然想起了孙婷。

要是那天再勇敢一点点，所有事情会不会就不一样了？

不，这回我绝对不能再让张也出事。

我艰难地在腰上摸索。

幸好，我在腰带里还藏着最后一把匕首，为了在关键时刻保命。

我抹掉糊住眼睛的血渍，用尽所有力气，抄起匕首捅向凶手的后颈。

幸好，一击即中。

那人像一只巨大的积木灯塔，轰然倒地……

我是在医院里醒过来的。

凶手的那几脚让我断了两根肋骨，肝脾破裂，腹腔出血，张也则是脑震荡和软组织挫伤。

最严重的还是凶手，我那一刀捅歪了，虽没要他的命，但他现在还躺在 ICU 里，暂时脱离了生命危险。

幸好，沈岸看到我的求救信息后火速赶到现场，及时喊来了 120 急救。

凶手还没醒，但警方很快查到了他的基本信息。

果然是他！

一个叫陈默的中年男人。

我这些年的暗中调查，布局埋线，不惜把无辜的张也牵扯进来，终于是将这条毒蛇引出洞了。

## 9

所有的事情，要从我和孙婷的学生时代说起。

孙婷曾经是我的高中同学，她是我灰暗高中生活里唯一的亮光。

我父母是偏远地区的农民，因为家乡生计无路，才带着很小的我进城务工。我 10 岁时，因病毒感染导致高烧，那时父亲在工地受伤，靠母亲做小工养活一家人。

她一方面缺乏医学知识，一方面没有钱住院。我在床上躺了一个星期，烧退后，我没成弱智，却再也说不了话。

因为家里贫困，又身带残疾，我在学校里成了被霸凌的对象。

只有孙婷，她学习好，人长得好，温柔善良，每当男生们把我堵进厕所，她总会想办法找来老师，把一身伤痕的我从同学的拳脚下救出来。

久而久之，同学们也开始欺负孙婷。

因为她老是破坏同学们的霸凌，因为她是孤儿，因为她和我这个残疾人走得太近。

但好在六年前，我们互相鼓励着读完了高中。

孙婷不出意外地考上了本省最好的重点大学，而我早早就暗自决定，高中毕业后就进厂打工，挣钱供孙婷衣食无忧地上完大学。

可残酷的现实是，残疾人是找不着好工作的，即使有企业接受，拿到的工资也是国家最低保障。没办法，孙婷上大学后，我就去了北方工地干苦力。

可孙婷觉得，她帮我是出于朋友道义，同学情谊，她是个从小就饱经生活苦难的孤儿，她自己淋过雨，就想为同伴儿撑起一把伞。

可就是这么一个善良美好的女孩，在还没来得及绽放的年轻，却被人杀死在一个萧瑟的冬夜里。

这些年，我一直在暗中调查，直到去年，我才终于找到凶手的线索——一个叫陈默的陌生男人进入我的视线。

陈默是本市红杉区人，25岁，中学辍学，父亲常年酗酒、家暴。

陈默6岁时，母亲不堪忍受家暴，离家出走。同年因火灾坠楼，导致下体致残，15岁时祖母去世，父亲因酗酒伤人入狱8年。

没有了实际监护人，陈默成了吃百家饭的流浪儿。

20岁时他进入东升海鲜厂做运输工，几个月后公司破产，陈默失业，之后靠打零工维持生计。

陈默不善言辞，不爱社交，时间全用来宅家上网，周围邻居甚至都以为他是哑巴。

五年前，刚上大一的孙婷为了挣学费和生活费，每周日都会在法士特酒吧驻唱，返校途中会常常遇到露宿街头的陈默。

就像当年帮我一样，孙婷见到同病相怜的陈默，又生出了恻隐之心。

她每天下班看到陈默，就会给他一些零钱，或者给他买一份饭，久而久之形成了习惯，

但他们的关系仅止步于此。

所以警方当年在调查时，没关联出陈默，因为他们根本就没有建立起任何联系。

孙婷被杀的前一个月，陈默在海鲜冷库中找了份开车的工作，但他依然会在每周日晚等在孙婷返校的必经途中，可孙婷出事后，他却再没出现过。

孙婷的尸体是在海鲜冷库中找到，发现尸体的那天，陈默就在现场，还参与了海鲜争抢大战。

我一直想不通陈默的杀人动机。

萍水相逢、施以援手，应该是感激、是救赎，孙婷这样一个好人，不该招致杀身之祸才是。

后来我雇请私家侦探，对陈默展开全面调查，包括他在网上所有的社交痕迹，终于在他给别人的一段发帖评论里找到了动机。

那篇帖子是一个九宫格的集合帖，都是网友诉说自己热心助人，却招致恶意的事情。有网友分享，自己作为政府志愿人员多次救助流浪汉，却遭到该流浪汉言语猥亵；有网友讲述帮助农村单身老汉治病就医后，老汉

却想让她嫁给自己的离奇经历；还有网友说，自己帮助长期遭受家暴的农村大妈,却被其儿女索要赡养费,等等。

帖子下的第一热评写道：“有的人天生就是坏种，与贫富无关，与强弱无关，他们就该永远呆在泥泞里，谁企图拯救，谁就会被拉入深渊。”

而陈默却在下面回复：“我给她剥下肮脏的外衣，把善良纯洁的灵魂种进我的心脏，我给她戴上圣洁的枷锁，把浪荡下贱的胴体永远冰藏。”

陈默文不对题的评论回复让网友感到莫名其妙，但我却看出了端倪。

因为这段话几乎是完全对应了孙婷的死状。

从那时开始，我就开启了对陈默的全面调查，后来我逐渐明白了陈默的杀人动机。

可能在陈默眼里，孙婷不是救赎者，不是施恩者，她就是一个女人，一个对他好，就属于他的女人而已。

在他的社会观念里，女人从来不是一个单独个体的人，而是属于他所有物的一部分，这种变态扭曲的心理激发了他对孙婷的控制欲。

孙婷不该出入酒吧；孙婷不该穿包臀短裙；孙婷不该对着别人笑；孙婷不该拒绝他的任何要求……

“这就是你精心布局的来龙去脉？”

警察局的问询室里，我和沈警官相对而坐，中间放着一台方便打字沟通的电脑。

我在这里讲了快一个小时的往事，我点点头，继续比画说：“我知道不该拖张也入局，但我不是及时去保护她了吗！”

“保护？”沈岸气得一拍桌子，“你一个手无寸铁的老百姓拿什么保护她？为了替孙婷寻找真相，让张也差点被杀，何田，你太无耻了。”

是的，我确实卑劣。

“可我有什么办法？孙婷是孤儿，我一不是她家属，二不是她亲友，我手里没有确切证据，警方不会因为一个陌生人的怀疑就重启案件。”

我颓丧地叹一口气，接着敲击键盘：“我是个聋哑人，表达自己的想法都困难。我试过在网上发声，可人命案件何其敏感，我在各大平台上发一次删一次，或者是发布后根本没有流量扩散，今天这种信息爆炸的时代，谁会记得五年前的一件旧案？”

我抬头看一眼沈岸：“我是一个无足轻重的弱者，像大千世界里的一粒沙一颗土，当我们这些人投诉无门的时候，我们只有一条后路，那就是拖着全世界一起下水。”

问询室里陷入一种无力的沉默中。

我知道张也无辜，我知道自己可恨，但我别无选择。

“陈默是否与五年前的兰大学生被杀案凶杀案存在关联，我们会调查清楚的。你现在要做的，就是毫无保留把你的所作所为全部交代，然后接受法律的审判。”沈岸顿了顿说，“何田，你要为自己的行为付出代价。”

11

三个月后，兰大女学生被杀案终于告破，凶手就是陈默。

沈岸告诉我这个消息时，我还在监狱服刑。

因为之前我对张也实施的一系列犯罪行为，导致我被判监禁半年，赔偿张也精神损失加人身伤害，以及名誉损失等各项补偿费用 32.85 万元。

我知道我有罪，我完全服从相关部门的判决，只要能把凶手绳之以法，我做什么都愿意，这一切都值得。

沈岸来监狱看我，还向我说起了侦破案件的具体细节，怎么说呢，我有点受宠若惊。

“我们找到了东升海鲜冷库的仓管张伟，张伟和陈默是多年街坊，陈默当年能进东升冷库做运输员，就是张伟介绍去的，他们除了是上下级关系，陈默更是张伟的心腹。

“2018 年 11 月 14 日那晚，也就是案发第二天，张伟让陈默帮他在冷库偷一车海鲜出去，因为涉及监守自盗，张伟隐瞒了这件事，从而让警方遗漏了重要线索。”

我恍然大悟，陈默肯定是借着那晚从冷库偷运海鲜的机会，将孙婷的尸体放进了冷库里。因为有张伟做内应，所以当晚的监控电路才莫名其妙坏了，偷运海鲜的事情成功掩盖了陈默将尸体放进冷库的动作。

沈岸接着说：“张伟作为仓管，监守自盗偷运海鲜，后来东升海鲜店破产欠债，他作为股东之一，改名换姓逃到外地，警方最近才将他找了出来。”

没等我追问，沈岸又继续说：“张伟这个关键人证一出现，整个案子像一团乱麻里找到了线头。而且，他还无意间给我们提供了一个重要线索，那就是陈默左手虎口的那条长伤疤，是咬伤。”

“咬伤？”我不由从位置上蹿起来。

沈岸意味深长地看了我一眼：“你之前不是故意向我透露过这个线索吗？据张伟说，偷运当晚陈默并没出现什么异样表现，只是手上多了条口子，他自称是被狗咬了，但张伟知道陈默从小怕狗，看到狗都绕路走，正常情况下根本不可能被狗咬。”

我试探着问沈岸：“现在的疤痕检验技术这么发达，应该能监测出陈默是被什么咬伤的吧？”

"你已经猜到了不是吗？"

我不明所以地看向沈岸。

沈岸继续说："是孙婷，孙婷咬伤了陈默。负责心理侧写的同事复盘了孙婷被杀时的场景。她是被捂住口鼻向后拖拽时咬伤了陈默的手，但由于男女力量的悬殊，又长时间被扼住咽喉，最终活活窒息而死。"

这五年来，我曾在心中无数次推理过孙婷被杀的情景，如今被证实了猜想，依然控制不住全身战栗。

当时的孙婷是多么绝望无助啊，她一定恨透我了吧。

"警方在第三次对陈默进行审讯时，拿出了一份从孙婷口腔内提取的血液监测报告，报告显示她口腔内残留的血迹和陈默的 DNA 数据相吻合，这是自本案发生到现在的五年来，找到的能确定凶手身份的唯一铁证。"

证据面前，陈默全盘招供。

我和沈岸都沉默了良久。

孙婷，我终于替你报仇了。这一刻，我终于如释重负。

"何田，你不想知道陈默的杀人动机吗？你不想知道，到底是什么事情最终断送了孙婷的性命吗？"

沈岸直起腰，将一个文件袋递到我面前。

我知道，他这次来不止是告诉我案件结果的，更是来杀人诛心的，因为文件袋里的东西是从我家里搜出来的。

里面除了有一封给孙婷的情书，还有 5000 块钱的现金，和两张完整的电影票。

电影是 2018 年 11 月 13 日，午夜场的《恋如雨止》，正是孙婷被杀的当晚。

我瘫软在椅子上，痛苦地呜咽起来。

沈岸耐心地等我情绪平复：“之前你一直告诉警方，孙婷遇害一个星期后，你才从外地打工回来。后来我们查过你当年务工返程的时间，实际上，你于 2018 年 11 月 10 日就已经回到了本市。”

我继续沉默着。

五年前案发那晚，也就是 13 日晚上，我等在孙婷驻场酒吧对面的胡同口。那里是一段没有电灯没有摄像头的盲区，孙婷每次都会从这里抄近路走到回学校的公交站等待最后一班末班车。

那晚，我从北方打工回来后第一次来见孙婷。

我穿着新买的衣服，理好头发，口袋里揣着两张电影票，手捧一封情书和打工挣来的 5000 块现金，准备向孙婷告白。

我去了北方，终于在工地上找到一份钢筋工的活儿，每月工资不菲。虽然很辛苦，但我能供得起孙婷上学了，我以为自己有了爱她的资本。

我递上信封，却被孙婷挡了回来，她似乎早就知道我那晚的意图。

我的表白被拒绝了，那时候我虽然尴尬无措，可还是把那笔5000块钱塞到孙婷手里。

我不想她出没在鱼龙混杂的酒吧里，可孙婷还是再三推搡，说什么都不愿接受。

我当时的情绪早已崩溃，听不清孙婷说了些什么。

孙婷着急得连连摆手，全身每一个细胞都写满了抗拒，惊恐的神情和她不停张合的嘴巴，都像一把又一把刀子插进我的胸口，凌迟着我的自尊。

我知道自己是个残疾人，而孙婷正大好年华，拥有无限光明的人生。只是少年时终是藏不住喜欢一个人的心意。

两人推搡之间，我不知道哪里来的勇气，忽然一把将孙婷搂入怀中。我知道，这是我一生中离孙婷最近的一次。

这是告白，也是告别，从此以后，我们的关系便定格在同学朋友的界限上。

之后，我推开孙婷，头也不回地转身离去。

“可哪里知道，那就是我和孙婷的最后一面。”

我的眼泪一颗颗落下来，打字的手都在颤抖。

“如果当时我能多停留一刻，可能她就不会出事。”

我狠狠扇了自己两巴掌。

“后来呢？”沈岸追问。

“我第二天就返回了北方打工，一直再没联系过孙婷。直到一个星期后，我才得知她出了事。”

“所有事情都对上了，这是陈默的口供，你自己看吧。”沈岸停顿了一瞬，将一份文件递到我面前，“杀死孙婷的，不知道是陈默的恶意，还是孙婷的善意，还是你何田，阴差阳错之下的纠结情意。”

## 12

半年后，我刑满出狱。

在孙婷的墓前，我见到了张也，她带着鲜花来看孙婷。

我想如果孙婷还活着，她应该也能如张也这般，有一份体面工作，有充满希望的未来吧。

我们俩在墓前久久沉默着。

不知过了多久，张也忽然对我说：“沈警官给我看了所有关于孙婷案的卷宗。事情发展到现在，我其实早已不再只是一个被你利用的工具人了。”

“对不起……”我朝她深深鞠躬，除了道歉，我不知道还能做出什么弥补。”

“何田，其实你一直听得见，对不对？”

张也扭过头：“那晚在我家，你和陈默缠斗时，能准确地依靠声音辨别出凶手在你身后，所以你一直听得见声音的，只是不能说话。”

我呆呆盯着张也，可我的身体、表情，乃至眼神，却像被施了魔咒一样无法动弹。

“所以案发那天，孙婷被陈默拖入暗巷，你其实听见了，但你当时到底是出于什么样的心理，假装什么都不知道而直接走掉的呢？”

我一下子跌坐在孙婷的墓碑前。

“对呀，我当时是出于什么心理呢？”

天气本就阴沉，此时黑云压得更低了。一阵寒风袭来，将墓前的落叶推搡到鬼气森森的密林中，气温已经凉到能下雪的地步，可我的整个身体都像被电流击中，血液沸腾地直往胸腔里积涌。

“对不起，对不起，对不起……”我捂住脸，双肩耸动，嘴里发出含混的呜咽，“孙她……她那么善良，她会原谅我的，对吧？”

周围寂静得再听不见一点声音，只有一片片的雪白落在身上，我起身回望时，张也已经朝山下走远了……

END

评论列表

楼主评论：看完后，你觉得害死孙婷的到底是谁？

网友回复：

（扫码参与互动讨论）

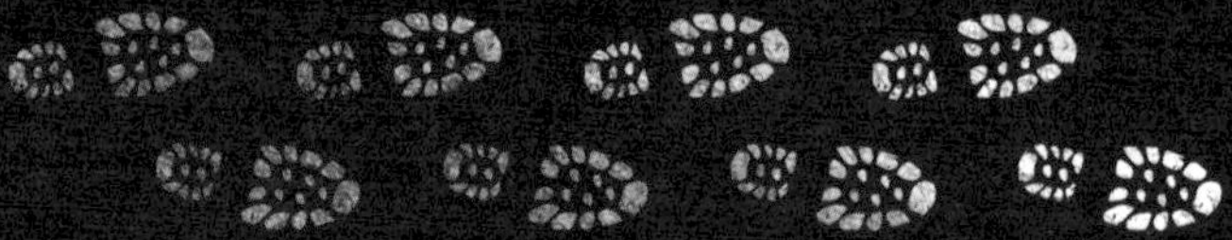

并非虚构
我说的故事是真实发生的，
但我不能说真话。
Chapter 07
作者：朝暮不言

# 并非虚构

Chapter 07

作者：朝暮不言

加好友　写留言　　点击：xxxx　回复：xx

▶**楼主发帖：**你们有没有怀疑过网上的一些大V账号，其实披着不同的皮？

◂1▸

在我面前坐着的男人，嘴角的笑总让我觉得有些眼熟。

我扶了下眼镜，将我的名片推过去，随后翻开了我桌上的笔记本，道：“季先生，是吗？”

他温声回答：“是我。”

于是我提笔在笔记本上写下他的名字。阳光正好，从窗边落到我纸上，笔杆因此也拖出一道长长的影子，歪歪斜斜地深入书页之中。

因为职业的缘故，我已经习惯了用观察代替言语，今天亦然。

这位先生与往常的爆料人不太一样，我看着他，不由在心里想着。

他的气质实在是太出众了。看起来约是二十出头的年纪，衣着得体，眼神温和。修理过眉毛，甚至可能化了男士的日常妆容。眼镜下的那双微微下垂的眼睛，隐隐透着一股若有若无的忧郁气息。

有一股艺术家的气质。

眉眼也长得精致，总是让人的目光忍不住在上面流连。如果再这么看下去，他大概就会觉得有什么不对了。秉持着良好的职业素养，我还是转了转手上的笔，将注意力从他的外貌转移到工作上。

联系我时他没有说过他的详细信息，我也无意深究，毕竟若不是从事这个职业的缘故，我也并不是一个好奇心很重的人。

见他没有主动开口的意思，我说道："您在信息中告诉我……说您要对我们说的，是一个一定会吸引社会眼球的故事，是吗？"

他点点头，耳侧的碎发被拢在窗边的阳光里。

他在短信中的语气其实与他现在的形象不符，因为我收到的原句是："这个故事不会令您失望，我保证，它绝对具有吸引社会目光的作用，当下一切流量小生的污点爆料都不会比它吸引人。"

若真的要深究，我更愿意把讲这句话的人想象成一位冷静克制，甚至带了点自傲的精英，而不是他现在温和忧郁的样子。

只是人总会有不同的几面的，见过这么多人，我对此表示理解。

挑了下眉，我道：“您可以开始讲了。”

写下日期和爆料正文几个字，墨水在纸上洇出一个小小的墨迹。

他还没有开口。

我不以为怪，拿起手边的咖啡抿了一口，习惯性地开始了等待。

过往的经验告诉我，你需要给他们准备说话的时间，因为不是每一个人都会轻松地说出一段故事，至少面前这位看起来不是。

终于，他开口道：“我说的故事是真实发生的。”

我回应似的点点头，正要记录的时候，又听见他说：“但……对不起。

“我不能说真话。”

◀2▶

我是一个自由撰稿人。

前些年，由于一起突如其来的车祸，导致我的生活发生了翻天覆地的变化。我几乎丢失了先前的所有记忆，只记得我是谁，正从事的工作是什么。

在那个城市生活实在令我感到陌生和不安，后来我还是搬离了我的城市，辞掉了原本的工作，重新开始我的生活。

因为车祸的缘故，我的精神状态并不是很好，最开始那段时间，我经常会精神恍惚，或者遗忘一些事情，严重时甚至影响到了我的生活工作。

老板委婉地与我提过这个问题，我表示理解，随后便主动辞去了工作。

为了谋生，我开始尝试写作撰稿。

在此之前，我还不知道自己有写作的天赋。然而正式开始时，我才发现我与文字之间似乎已经有了缰绳，我轻而易举便能驾驭这匹对于他人而言难控的烈马。

我行文之间文风轻松、节奏自如，观点的呈现也不强硬，很快便有了能支撑我每月生活的收入。

一年前，我和某个公众号合作，成为其团队成员之一。这个公众号主打“现实生活中的奇异故事”，因为题材和半真半假的故事吸引了不少关注者。我则为其撰写爆料者所讲述的故事。当然，偶尔也会有人主动找我爆料。

今天坐在我面前的这位季先生，便是其中之一。

听到他的话，我停下手中的笔看着他。

他看起来不像在开玩笑，眉头紧锁，不自知地透露着为难的神色，我不由失笑：“季先生，您是认真的吗？爆料人不说真话，您是想让我写虚构小说？”

他稍愣了一下，握住杯柄的手轻轻摩挲着，开口说：“不是，我不是这个意思。”

他补充道：“我是想说，我可能不能透露这里面人物的真实姓名。”

“这点我可以理解。”我顿了顿笑道。

随后便用笔在笔记本上写了“化名”两个字，继续道：“到时候也会为您用化名的，我们会为您保护好隐私。”

“只是，”我停了一秒，似笑非笑地看着他，“还请您不要对我说谎，我需要真实的故事。”

“这没问题。”

于是这位季先生稍稍放松了身体，向椅背上靠。

窗外阳光甚好，下午时分，咖啡馆人不多，我还有很长的时间去听一段故事。

服务员从我们身边经过，走远。随后，他才沉吟着开口：“你……知不知道那种，一个账号下面有两个人的那种微博博主？”

◀3▶

百辞疏是一位很有名的博主。

在还没火起来的时候，这个号只是出于兴趣，做一些读书摘录的工作，定时发布摘抄和文案，偶尔有节日便上线问候一下，长年累月也积累了一些粉丝。

在互动里，粉丝们逐渐发现"百辞疏"似乎是由几位成员共同运行的，毕竟说话风格相差太大，一眼便能认出。

时常被认出来之后，他们也没有遮掩，大大方方地做了自我介绍。

其中一位喜欢读文学性较强的文章，对文字的鉴赏力一流，叫阿吉，自称是一个文学宅男；另一位则常年在社科类文章和书籍之间探索，名字叫小茶。

他们偶尔也会分享日常，和粉丝进行一些互动。

大约是几年前的某一天，阿吉照常上线分享日常，在博文中发了一张他的画，配文"随手画画"。

而那张"随手画画"的图，色调和谐，构图新颖，画面也无比和谐，怎么看都不是随手一画的轻松模样，很快就得到了大量转发点赞，一位关注者惊异地夸他"这么会画怎么不早说"。

"百辞疏"在下面回复："是他太社恐了哈哈，不想发。"

大约三四天后，小茶上线，发了一篇文章。她说话一向简洁明了，这大概源于理工女的严谨。

关于那篇文章，她只额外配了几个字："阿吉让我给他的画写个故事。"

她的文字与她一向潇洒的风格不同，细腻温柔，娓娓道来，单看那些字句，联想起的大概是一位长发飘飘的温婉淑女，而非她自我介绍时说的一头干练短发的模样。

那篇故事结尾意蕴悠长，还影射了一部分社会现实，被某个有不小影响力的博主转发了，也让“百辞疏”小火了一把，吸引了不少粉丝。

后来粉丝越来越爱看他们之间的文画互动，“百辞疏”也因此转型，专心分享这些画和小故事。粉丝量稳定增长，逐渐成为有了一定影响力的大V。

中途他们还接过一些推广，两人合作的质量很高，粉丝也都看得开心。

除了产出，阿吉还时不时用“百辞疏”这个账号偷偷分享一些小茶的日常，比如她笨手笨脚养的多肉、新买的咖啡杯、手指上的素圈戒指，以及在朋友圈里发的吐槽。

生活的琐碎碎片里，闪烁着她属于理工女严谨之下的温柔。粉丝只觉得可爱，纷纷回复：“原来小茶本人真的像她的文字一样温柔啊。”

“百辞疏”偶尔也会挑一些回复，比如说“小茶其实是很可爱的女孩子”，或者说“小茶说让你们少夸她”。

小茶上线次数少，因此很少发现阿吉偷偷摸摸做的这些小动作，只有偶尔她兴致上来去翻先前的博文时，才会发现阿吉不知什么时候又发了她的日常，于是用“百辞疏”在底下回复道：“……我迟早也要曝光你。”

阿吉半天后回道：“但你打不着我。”

两人之间互动的氛围轻松又带了些暧昧，只是从不曾说过他们的关系。过不了多久就有粉丝在底下悄悄问:“阿吉是怎么拍到小茶那么多照片的?两个人是同居了吗?”

互联网中的一时停顿，随后便开始刷起了评论，一堆人说他发现了“华点”，让阿吉快出来回复。

“百辞疏”只是很轻快地回道:“只是很好的朋友啦。”

粉丝“噢——”地在底下起哄了，在心里默认了他们的暧昧关系。

4

“百辞疏”有时候也会玩点梗游戏。比如阿吉发一张图，让小茶配文，或者小茶突然想到一句话，让阿吉画画。

两个人你来我往，粉丝倒是看得开心，这也成为了他们的保留项目。

只是从两年前开始，似乎有些不对劲的地方。

某天小茶发了点梗（网络用语：指一人提出主题或情节，另一人据此创作作品，这样一种互动创作的模式）之后，凌晨“百辞疏”上线，发了一张图，但这张画却与小茶的点梗相差十万八千里，几乎没有一点搭边的地方。

它与阿吉从前的画风也不太相似，用笔更冷冽了一些，色调也更加阴沉。画的是个站在黑暗中的女孩，诡异地睁着三只眼睛，其中一只还流下了血泪。

这张图越看越令人觉得阴森，有粉丝小心地问:“阿吉是看到了什么不好的事，所以才画的这张图吗？或者是学习了新的画法想要尝试一下？PS：想知道这幅叫什么。”

“百辞疏”只回复了最后一个问题：“不要相信我。”

几分钟后，这个博文显示被删除。

过了一会儿，小茶难得上线解释道：“阿吉最近家里有些事，心情不太好……画的画可怕了一点。画完他问我可不可以发出去，本来我觉得没事，只是这个时间发这张图，我越看越觉得不太好，也怕他以后看了还要想起今天的事，所以删了。也希望大家不要传播和再讨论了。”

她难得同人解释这么多话，粉丝纷纷应允。只是话虽说是这么说了，还是有人忍不住在角落怀疑：“我总觉得这个画有问题。”

“有问题在哪儿呢？”

“——说不清楚。”

“那种感觉很模糊，仿佛一团雾气，围绕着你，让你看不清真相。只是觉得那幅画诡异，阴森森的，而这事仿佛有哪里不太对劲。”

“阿吉不像平时的阿吉，小茶也不像平时的小茶。”

“而且，这不该是个点梗的画图游戏吗？”

“照理来说，阿吉对小茶一向是有求必应，在公众世界忽略她的那条消息，怎么看怎么不像阿吉的作风，小茶也像是有意回避着这件事似的，只解释阿吉的不对劲。”

那件事发生几天后，阿吉上来和大家说了点话，谈了近况，仿佛又回到了那个曾经的阿吉。

谈论这件事的人也便愈发少了，毕竟人生在世，事情这样多，没人有空记得你发过的一张有些诡异的图，也总有人在心情不好时会变成另一副模样，何必深究。

◂5▸

说到这里，他忽然停了，咖啡馆里的音乐悠悠地回荡在我身边。

他问我道：“您觉得是发生了什么呢？”

做这行到今天，倒是很少见到这种还会同我提问的爆料人，我心里略感诧异，随即低头笑笑，写完最后一个字，思考道：“阿吉是出了什么事吗？”

这是最正常的思路，只不过事情大概不会按照最正常的想法进行。

这也是我做这行得出的经验。

果不其然，这位季先生摇了摇头，又点了点头。

我饶有兴趣地挑眉：“您是什么意思？所以阿吉是没有出事吗？”

他没有立刻回答我，只是忽然问道：“您从事这个职业有多久了？”

我奇怪地看他一眼，不知为什么，我本想忽略他的问题，毕竟我也没有回答的义务，但不知怎么了，我还是顺着他的话道："一年了吧，不过之前也有从事文字工作。"

"您怎么问这个问题？"我看着他。

于是他点点头，只是笑笑："总觉得您有些眼熟罢了，和我某个故人很相似。您不觉得我也有点眼熟吗？"

我皱起眉，不知为何有些烦躁："季先生，我想这不在您的爆料范围内吧？"

他眼角的笑意更加温柔。

"是不在，"他喝了一口咖啡，然后才说，"不好意思，是我唐突了。"

◀6▶

一个月后又发生了一件事。

这一次，发微博的人是小茶。

虽然他们平时会分享日常，但从不露面，最多发几张半身照，分享一下新买的衣服。而这一次，小茶一反常态地什么话都不说，只是放了一张自拍。

照片上，她眉眼精致温柔，坐在沙发上，看着手机屏幕。只是眼底似乎有着深深的瘀青，看上去很是疲惫。

粉丝在下面纷纷回复小茶好美，也有人关心地问最近是不是熬夜累到了，看起来有些憔悴。

过了会儿，有粉丝开始就着照片找细节。

“是我想多了吗？这个自拍背景里好像有两双拖鞋，一双看起来是男式的。”

“应该是阿吉的吧，哈哈哈哈哈哈。”

“不是……这男式拖鞋怎么这么小？看上去和女式拖鞋差不多大啊！”

“我记得阿吉自称一米八。”

“一米八的脚有这么小吗？这不科学。”

“阿吉快出来！”

“所以阿吉和小茶是真的在同居吧。”

“肯定同居了好吗！不然怎么这么了解对方的日常啊。”

也有粉丝发现了一些不太对的地方。

“我记得小茶不是短发吗？也没说过留了头发，是什么时候养长的？”

“小茶怎么没笑啊……看起来有点可怕。”

“小茶这个表情看起来不太对啊……有没有懂微表情的大佬出来解读一下？”

“我总觉得小茶今天不太正常，什么话也不说。”

“小茶看起来好累啊，怎么看都不像开心的样子。”

过了一会儿，这条博文也像一个月前的那张画一样，被删除了。

正当粉丝议论纷纷、觉得奇怪的时候，小茶上线，发了一条微博：“阿吉又趁我不在发我照片。”

话题在刹那间被转移，底下热度第一的评论打趣她：“这次直接秀你照片了，下次会不会就趁你不在把证也晒给我们了啊。”

过了有一会儿，“百辞疏”才回复道：“不可能。”

粉丝只当小茶傲娇，又开始闹腾。

那之后，小茶似乎就很少出现了。一般都是阿吉出来操持老本行，发些摘抄，或是发些画，有粉丝问小茶去哪儿了，“百辞疏”只是回复道：“小茶身体不太好，在休息。最近我上线可能也会少一些。”

## 7

“那么，”他停下，又问道，“你觉得是发生什么事了？”

我再次抬头看向他，这位季先生眼角留有一丝若有若无的笑意，阳光落在上面，并没有带出什么温度来，仿佛那点笑天生长在那里。

他刚刚坐下的时候，也带着这样的笑意吗？

我一顿，答道：“至少不可能是身体不好。”

他沉默片刻，并未直接回答我，悠悠道：“某一次‘百辞疏’在发微博的时候，忘记关微博定位。有一个他们的狂热粉丝顺着这个地址，再根据‘百辞疏’偶尔发的日常，推测出了一个住址来。”

“他在那里蹲点了很久，结果发现那里住的大多是老年人，只有几个年轻人，但怎么都看不到和阿吉或小茶相似的人。”

“他怎么知道那不是阿吉或小茶？”我淡淡地打断他。

他道：“因为阿吉和小茶都描述过自己的形象，‘百辞疏’上阿吉也曾发过小茶的自拍。”

“不过，”他喝了一口咖啡，“很快，他就等到了小茶。”

小茶的样子和照片上一模一样，长发，眉眼精致，他甫一看到她，便迫不及待地冲上去作自我介绍，还问：“小茶我真的很喜欢你，能不能和我拍张合照？”没想到那个女人只是很惊愕地看着他，仿佛看到了什么令人惊惧的事情，随后飞快地跑了。

她逃得匆匆，但他看到她衣袖底下似乎有什么痕迹。

一道道红痕印在她的手腕上。

那个人觉得很奇怪，又在那里等了几天。那几天，他又发现了不少奇怪的事。

“他等了几天，终于又看到小茶出门——不知道她是做什么工作的，居然能几天不出门。她下楼扔垃圾，大概准备出门走走。但她似乎不认识他了，看向他的眼里只有陌生。而且她穿着一身男式衣服，说话的语气语调也不像那个理智理性的小茶。”

他双手搭在胸前，对我一笑："故事到这里就结束了。"

"嗯。"我喝了口咖啡，静静地看着眼前的男人，冷静地说破谜底："所以这是个微博博主的两个操纵者，其实是一个人的两个分裂人格的故事是吗？"

他对我笑笑："你猜对了。"

我合上笔记本："故事不错。"

我挑了挑眉，说："但实在是无稽之谈，我从没听过这个作者，也没了解过什么类似的案子。如果你是个写悬疑小说的，或许可以凭借它大火，但我需要的是真实的故事。你如果需要的话，我也可以向你推荐合适的编辑。"

我站起身，拿起包准备离开，然而下一秒，我听到身后传来了声音。

"稍等。"

我脚步没停，依旧往前走着。

来找我的爆料人总是编出无数虚假的故事，浪费时间。

我对这种故事向来没兴趣，听到一半时就已经觉得无聊。只是因为这个男人总让我觉得眼熟，想着也许可以借此想起一些从前的事，这才留了下来。

然而到了最后他还是没给我什么惊喜。

况且，我转头看了一眼正逐渐转阴的天，不知为何我总觉得有些烦躁不安，似乎有什么人在催促着我赶紧回家。

他说："刚刚那段故事，我和你撒了一个小小的谎。"

看来还想挽留什么。我没有回头。

“我想，在你离开前我还是得告诉你。其实‘百辞疏’的操纵者还有一个人格，他们一同经营‘百辞疏’这个账号。只是，那个人格没有正式的产出，只负责运营和回复。她（他）和另外两位产生了冲突，甚至抢夺身体的控制权，妄想通过杀死肉体和他们同归于尽。某一次混乱的吵闹争斗之后，她（他）失踪了。”

我一顿，忽然觉得有什么熟悉的东西在我心头闪动。

车祸，失忆，搬家。

下一秒，一张陌生的脸出现在我面前。

短发，长眼，冷静，克制。

小茶，我脑子里瞬间浮现出这个名字。

“终于找到你了，再见。”她对我微微一笑。

我低头，看到胸口插着一把刀。

END

评论列表

楼主评论：所以采访者也是人格之一，被其中一个人格干掉了？那存活下来的人格是？

网友回复：

（扫码参与互动讨论）

图书在版编目（CIP）数据

黑暗处有什么 / 夏生主编. -- 武汉：长江出版社，
2025. 8. -- ISBN 978-7-5804-0131-1
Ⅰ. I247.7
中国国家版本馆CIP数据核字第2025EZ4155号



黑暗处有什么 / 夏生 主编
HEIANCHUYOUSHENME

出　　版　长江出版社
（武汉市解放大道1863号　邮政编码：430010）
选题策划　漫娱图书　巴　旖
市场发行　长江出版社发行部
网　　址　http://www.cjpress.cn
责任编辑　钟一丹
特约编辑　许斐然
总 策 划　重塑工作室
装帧设计　吴穆奕
印　　刷　武汉市卓源印务有限公司
版　　次　2025年8月第1版
印　　次　2025年8月第1次印刷
开本　889mm×1230mm　1/32
印张　6.5
字数　125千
书号　ISBN 978-7-5804-0131-1
定价　46.80元